AF602552

Gallarini 1868. Mai. 7

CATALOGUE

D'UNE PARTIE

DES LIVRES

DE

M. GALLARINI

(DE ROME)

DEUXIÈME PARTIE

VENTE A PARIS

Le Jeudi 7 mai 1868 et jours suivants

Rue des Bons-Enfants, 28

à 7 heures et demie du soir

Par le ministère de Me **DELBERGUE-CORMONT**, commissaire-priseur

Rue de Provence, 8

M. BACHELIN, expert.

PARIS

LIBRAIRIE BACHELIN-DEFLORENNE

3, QUAI MALAQUAIS, 3

1868

PARIS
Ad. Lainé & J. Havard
Imprimeurs
rue des S.-Pères,
19.

CATALOGUE

DES LIVRES

DE M. GALLARINI

(DE ROME).

DEUXIÈME PARTIE.

HISTOIRE.

GÉOGRAPHIE. — VOYAGES. — HISTOIRE ANCIENNE. — HISTOIRE DE FRANCE ET DES PAYS ÉTRANGERS.

1606. ALBERTI (Leandro). Descrittione di tutta Italia. *Vinegia*, 1557, in-8, d.-rel. d. et c. vél.

1607. ALBERICI Monachi Trium Fontium Chronicon e manuscriptis nunc primum editum a Godofredo Guil. Leibnitio. *Hanoveræ*, 1698, in-4, vél.

1608. ÆLIANUS. Variæ Historiæ libri XIIII. Item, Rerumpublicarum descriptiones ex Heraclide, ex interpretatione J.-V. Wetterani. *S. l.*, 1599, in-16, vél.

1609. ÆMYLII (Pauli) de Rebus gestis Francorum libri X. Chronicon de iisdem regibus, a Pharamundo usque ad Henricum II. *Parisiis*, 1548, in-8, vél.

1610. ALAMANNI (Luigi). Gyrone il cortese, al Christianissimo et invittissimo re Arrigo Secondo. *Parigi*, 1548, in-4, rel. en vél.

Bonne édition, la seule imprimée sous les yeux de l'auteur. — Bel exemplaire.

1611. ALEMANNVS (Nicolaus). De Lateranensibus parietinis ab Ill. et Reverend. Fr. cardin. Barberino restitutis. *Romæ*, 1625, in-4, vél. (*Piqûres.*)

Orné de très-intéressantes figures.

1612. AMELOT DE LA HOUSSAIE. Histoire du Gouvernement de Venise. *Paris*, 1677, pet. in-12, v. br. fr. gr.

1613. AMMIANUS MARCELLINUS. Rerum Gestarum opvs. *Bononiæ*, 1517, in-fol, d.-rel. v. vert.

1614. *Idem*. Emendatum ab Henrico Valesio. *Parisiis*, 1681, in-fol. v. marb.

1615. AMMIRATO (Scipione). Orazione alla maestà cattolica del potentissimo re Filippo il re di Spagna, etc. *Firenze*, 1594, in-4, cart.

Peu commun.

1616. AMMIRATO (Scipione). Discorsi sopra Cornelio Tacito, nuovamente posti in luce. *In Venezia*, 1599, in-4, cart.

1617. ANVILLE (D'). Nouvel Atlas de la Chine, de la Tartarie chinoise et du Thibet, contenant aussi la carte du royaume de Corée. *A la Haye*, 1737, gr. in-fol. vél.

42 cartes très-bien conservées.

1618. APIANUS (Petrus). Cosmographia per Gemmam Frisium, apud Louanienses medicum et mathematicum insignèm, jam demum ab omnibus vindicata mendis, ac nonnullis quoque locis aucta, figurisque novis illustrata, additis ejusdem argumenti libellis ipsius Gemmæ Frisii. *Parisiis*, 1553, in-4, rel. en vél.

Ouvrage curieux et rare. — Bel exempl. à grandes marges.

1619. APPIANI Alexandrini de Civilibus Romanorum Bellis libri quinque. Ejusdem libri sex : Illyricus, Celticus, Libycus, Syrius, Parthicus et Mithridaticus. *Lvgdvni, apvd Gryphivm*, 1560, in-32, v. marb.

Exempl. réglé.

1620. APPIANI Alexandrini Romanarum historiarum libri, interprete Candido. *Venetiis*, 1477, pet. in-fol, cart. (*Une piqûre.*)

Joli exempl. de cette fort belle et rare édition. — Il est orné d'une bordure sur bois, la première peut-être qu'on ait employée.

1621. APPIANO Alessandrino, delle Guerre civili de' Romani. *Aldus*, 1545, 3 tom. en 1 vol. pet. in-8, vél.

1622. *Idem*, *in Vinegia, in casa de' Figliuoli di Aldo*, 1551, pet. in-8, bas.

1623. APPIANI ALEX. Libri civilium Bellorum in latinum traducti. *Imp. Venetiis*, 1477. — Ang. Politiani, Herodiani historia e græco in latinum conversa. 1493. — M. Fabii Quintilianii Declamationes CXXXVI. *Medioliani*, 1494. 3 auteurs en 1 vol. in-fol. rel. en bois, cuir gauf.

1624. Aretinus (Leonardus). Historia del popolo fiorentino, tradocta in lingua tosca da Donato Acciaioli. *Vinegia*, 1476, in-fol., vél. (*Notes manuscrites aux marges.*)

Première édition.

1625. Arretino (Castiglione). Ditte Candiotto e Darete Frigio della guerra Troiana, tradotti per Tomaso Porcacchi. *Verona*, 1734, in-4, d.-rel.

1626. Assemani (J. Aloys.) in Romano sapientiæ gymnasio. Votum pro rei veritate in causa Neapolitanorum. *S. l. n. d.* (xviie siècle), in-4, v. br. dent. (*Milieu aux armes de la république de Venise.*)

1627. Aubano Alemanno (Giouanni). Gli Costumi, le Leggi et l'Usanze di tutte le Genti. *Venetia*, 1549, 1 vol. in-16, cart.

1628. Aventinus (Joannes). Annales Bojorum, libri vii. *Basileæ*, 1615, 1 vol. pet. in-fol. v. (*Rel. fat., taches de rousseur.*)

Portrait de l'auteur gravé sur bois.

1629. Avila (Henrico). Historia delle guerre civili di Francia, nella quale si contengono le operationi di quattro : Francesco II, Carlo IX, Henrico III et Henrico IV, cognominato il Grande. *Venetia*, 1660, gr. in-8, d.-rel.

1630. Bardi (Il conte Giov. de'). Memorie del Calcio fiorentino, tratte da diverse scritture. *In Firenze*, 1688, in-4, d.-rel. bas. (2 *pl. gravées.*)

1631. Barlævs (Gasp.). Rerum per octennium in Brasilia et alibi nuper gestarum sub præfectura comitis Mauritii Nassoviæ... historia. *Amstelodami, J. Blaev*, 1647, gr. in-fol., d.-rel. v. marb. (*Mouillé.*)

Ouvrage orné de 56 grandes planches sur cuivre.

1632. Barrii (Gabriel) de Antiquitate et situ Calabriæ libri quinque. *Romæ*, 1737, in-fol. vél.

1633. Baudelot de Dairval. De l'Utilité des Voyages. *Rouen*, 1727, 2 vol. in-12, rel. en vél.

1634. Bembo (Pietro). Della Historia Vinitiana volgarmente scritta libri xii. *Vinegia*, 1552, in-4, vél.

1635. Beuter (Anton.). Chronica generale d'Hispagna et del regno di Valenza, tradotta dal S. Al. d'Ulloa. *Vinegia, G. Giolito*, 1556, pet. in-8, mar. rou. tr. d. (*Rel. aux armes.*)

1636. Berdini (Vincenzo). Historia dell'antica e moderna Palestina, descritta in tre parti. *Venetia*, 1642, in-4, vél.

1637. Bessarionis Niceni cardinalis, de gravissimis periculis, quæ Reipublicæ christianæ a Turca iam tum impendere providebat. — Ejusdem ad principes de pace inter se conciliandа et bello adversus Turcas suscipiendo, exhortatio. *Romæ*, 1543, in-4, vél.

1638. Bibiena (Galli). L'Architettura civile preparata sulla geometria, etc. *Parma*, 1711, 1 vol. gr. in-fol. cart. toile.

Ouvrage contenant 72 planches avec un grand nombre de figures.

1639. Biondo. Le Historie da la declinatione de l'imperio di Roma, infino al tempo suo (che vi corsero circa mille anni), tradotte per Lucio Fauno. *In Venetia*, 1547, 2 vol. pet. in-8, d.-r. d. et c. v. f.

Très-bel exemplaire, sauf quelques feuillets du premier volume légèrement mouillés à la marge.

1640. Bizarvs (Petrvs). Rervm persicarvm historia. Cui accessit Henrici Porsii de bello inter Mvrathem III et Mehemetem narratio; ac Philippi Callimachi de Bello Turcis inferendo, oratio. *Francofvrti*, 1551, in-fol. v. (*Rel. aux armes; fat.*)

1641. Bonadilla (de). Poliça para corregidores y señores de vassallos en tiempo de paz y de gverra, y para perlados en lo espiritval, etc. *Barcelona*, 1624, 2 vol. pet. in-fol. vél.

1642. Bonifacio (Balthassare). De Romanæ historiæ scriptoribus excerpta ex Bodino, Vossio aliisque. *Venetiis*, 1627, in-4, vél.

1643. Borghini (Vincenzio). Discorsi al serenissimo Francesco Medici. *Fiorenza*, 1584, 2 forts vol. in-4, peau de chagrin. (*Aux armes.*)

Ouvrage très-important au point de vue historique, orné d'un portrait et de figures. — Edition originale très-belle, rare et recherchée. Bel exempl., grand de marges.

1644. Bremond (Gabriel). Descrittioni esatte dell'Egitto superiore et inferiore, monte Sinai, Libano, Terra santa, etc., con varie et curiose osservazioni di costumi, leggi, riti et habiti di più nationi. Trad. da Riccardo Ceri. *Roma*, 1680, in-4, d.-rel., d. et c. vél. bl. (*Taches de rousseur.*)

Ouvrage très-intéressant et peu connu.

1645. Brvtvs (Joannes Mich.). Florentinæ historiæ libri octo. *Lvgdvni*, 1562, in-4, vél.

1646. Bullarii Romani Continuatio summorum pontificum Clementis XIII, etc., usque ad pontificatum Pii VIII Andreas Advocatus Barberi, additis summariis, adnotationibus, indicibus, opera Rainaldi Segreti. *Romae*, 1835, 18 vol. in-fol. br. n. rog.

1647. Bvrgi (Petri Bapt.) de Bello svecico commentarii. *Leodii*, 1633, in-4, cart. fr. gr.

1648. Cabral (Stefano). Delle ville e de' più notabili monumenti antichi della città et del territorio di Tivoli. *In Roma*, 1779, 1 vol. pet. in-8, d.-r. d. et c. en vél.

Avec une carte.

1649. Cæsaris (Julii) quæ extant omnia, italica versione, notis auxit Hermolaus Albritus. *Venetiis*, 1737, in-fol. d.-rel. n. rog.

1650. Cæsarii (Julii) Commentarii de bello Gallico. *Florentiæ, Junta*, 1520, pet. in-8, d.-rel. v. br.

Figures et cartes gravées sur bois.

1651. *Idem*. Cum correctionibus P. Manutii. *Aldus*, 1559, pet. in-8, parch. (*Carte et fig. sur bois.*)

1652. *Idem. Venetiis, apud Aldum, M. D. LIX*, in-8, parch. (*Figures et cartes gr. sur bois.*)

1653. *Idem*. Ab Aldo Manutio Paulii F. Aldi. N. emendati et scholiis illvstrati. *Venetiis, apud Aldum*, 1575, 1 fort vol. pet. in-8, parch.

Edition estimée et fort rare, ornée d'un portrait de Manuce et d'un certain nombre de figures gravées sur bois.

1654. Cæsar (Jvlivs). Commentarii tradotti in volgare per Agostina Ortica della Porta Genovese. *In Venetia*, 1517, 1 vol. pet. in-8, v. noir. comp. fil. (*Rel. fat.*)

Une des plus anciennes éditions de la première traduction des Commentaires; elle est accompagnée de deux planches gravées sur bois. L'exempl. est beau de marges.

1655. *Idem*. In-4, d.-rel. v. f., tr. dor. Fig.

Joli exemplaire.

1656. *Idem*. 1539, 1 vol. pet. in-8. v. noir. (*Rel. fat.*)

1657. *Idem*. Tradotti da Francesco Baldelli. *Vinegia, G. Giolito*, 1571, pet. in-12, vél.

Edition très-recherchée à cause des jolies figures sur bois dont elle est ornée.

1658. *Idem*. Con le figure in rame di Andrea Palladio. *In Venetia*, 1619 (réellement de 1598), 1 fort vol. in-4, cart. fr. gr.

Très-recherché à cause des nombreuses figures qu'il contient. Cet ouvrage est peu commun.

1659. *Idem. Venetia*, 1627, pet. in-4, vél., fr. gr. (*Rel. piq.*)

Enrichi de nombreuses figures de Palladio. Recherché.

1660. Campeggi (Rid.). La Italia consolata, epitalamio per le reali nozze del Seren. Vittorio Amadeo Prenc. di Piemonte con la Christianiss. madama Christiana di Francia. *Bologna,* 1609, pet. in-8, br. en cart. (*Qq.-racc.*)

Ce volume est orné de jolis bois gravés.

1661. Campo (Antonio). Cremona fidelissima città et nobilissima colonia de' Romani rappresentata in disegno col suo contato et illustrata d'una breve historia, etc. *Milano,* 1645, gr. in-4, v. marb. fr. gr. (*Les* 3 *planches à la fin du vol. sont doublées.*)

Gravures d'Augustin Carrache.

1662. Canini d'Anghiari (Girolamo). Sommaria historia delle elettione e coronatione del rè de' Romani compresa in un breve discorso sopra la Bolla d'oro di Carlo Quarto imperadore. *Venetia,* 1612, in-4, v. br. (*Rel. fat.*)

1663. Capaccio (Julio Cesare). Neapolitanæ historiæ. *Neapoli,* 1607, 2 tom. en 1 vol. in-4, vél. fig.

1664. Capella (Galeazzo). Commentarii delle cose fatte per la restitutione di Francesco Sforza, secondo duca di Milano, tradotti di latino per Fr. Philipopoli. *Venetiis, G. Giolito,* 1539.

1665. — Fino (Aleman.). Historia di Crema raccolta da gli annali di Pietro Terni. *Venetia,* 1566, in-4, vél.

1676. Cassiodorus. In hoc corpore continentur tripertite historie ex Socrate, Sozomeno et Theodorico in unum collectæ et nuper de græco in latinum translate, libri numero duodecim. *Augustæ,* 1472, in-fol. goth., v. f., fil., comp. et milieu à froid.

Première édition avec date. Très-bel exemplaire, sauf une tache au premier feuillet.

1677. Cavazzi da Montecvccolo (G. Ant.). Istorica descrittione de' tre regni Congo, Maltamba et Angola, etc. *Milano,* 1690, in-4, vél.

Ouvrage peu commun, orné de figures.

1678. Cavriolo (Helia). Delle historie Bresciane libri dodeci, tradotti da patritio Spini. *Brescia,* 1585, in-4, cart. (*Piq., mouillé.*)

Première édition.

1679. Cellonese (Andrea). Specchio simbolico, overo delle armi gentiletie. *Napoli,* 1667, in-4, vél., fr. gr.

Blasons gravés dans le texte.

1680. Chevalier (Nicolas). Histoire de Guillaume III, roy d'Angleterre, contenant ses actions les plus mémorables, par médailles, inscriptions, arcs de triomphe, etc. *Amsterdam*, 1692, in-fol. v. br.

Un très-grand nombre de jolies figures gravées en taille-douce.

1681. CHIESA (Fran. Agost.). Corona reale di Savoia, o'sia relatione delle provincie e titoli ad essa appartinenti. *Cvneo*, 1655, 2 vol. in-4, vél.

Ouvrage estimé et rare.

1682. CHIUSOLE (Antonio). La Genealogia delle case più illustre di tutto il mondo principiando di Adamo al tempo presente. *Vicenza*, 1743, in-fol. cart. n. rog.

1683. CHRONICON PASCHALE a mundo condito ad Heraclii imperatoris annum vicesimum, etc., cura et studio Car. Du Fresne dom. Du Cange. *Parisiis*, *Typographia regia*, 1688, in-fol. d.-rel.

1684. Collection des RÉPUBLIQUES, publiée par les Elzevirs, format in-24. Angleterre, Ecosse et Irlande, Allemagne, Belgique, Palatinat, Luxembourg, Athènes, Perse, etc., 12 vol. rel. en vél.

Ce numéro pourra être divisé.

1685. COLLENUCIO (Pandolfo). Compendio delle historie del regno di Napoli. *Venetia*, 1541, pet in-8, rel. en vél.

Edition originale de cet ouvrage estimé.

1686. *Idem*. *Vinegia*, 1552, pet. in-8, vél.

Joli exemplaire.

1687. COMMANDINI Urbinatis (Federici). In planisphærivm Ptolomæi commentarius. *Venetiis*, *Aldus*, 1558, in-4, vél. fig.

Très-joli exemplaire.

1688. COMMENTARIORVM de bello gallico, civili, Pompeiano, Alexandrino, Hispaniensi et Africo libri, qvos Michael Manzolinvs Parmensis svo svmpto fieri cvravit. *Tarvisii*, 1480, pet. in-fol. cart.

1689. COMMENTARIO de le cose de' Turchi, di Paulo Jovio, vescovo di Nocera. *S. l.*, 1538, pet. in-8, cart.

1690. CONRADUS. Chronicon Schirense contin. Joan. Aventino. *Argentorati*, 1716, 1 vol. in-4, v. gr. (*Rel. piquée de vers.*)

Orné de 2 planches gravées.

1691. CONSTITUTIONES Dominii Mediolanensis. Quibus ordines, declarationes, et decreta multa hactenus non impressa senatus jussu addita fuerunt. *Mediolani*, 1574, in-fol., v. br. (*Rel. fat.*)

1692. Contarino (Gasparo). La Repvblica e i magistrati di Vinegia. *Vinegia*, 1544, pet. in-8, d.-rel. v. vert.

1693. Cornelio (Pietro). Della Historia di Fiandra libri X, tradotta da Camillo Camilli. *Brescia*, 1582, in-4. parch.

1694. Cornelius Nepos. Vitæ excellentium imperatorum, editio stereotypa. *Parisiis, Didot, anno reipublicæ VII*, in-12, d.-rel. d. et c. v. f.

Bel exempl., non rogné.

1695. Cvrtivs (Rvfvs). De Rebvs gestis Alexandri Magni. *Amstelodami*, 1633, in-32, d.-rel. v. (*Dos piq.*)

1696. *Idem.* 1664, pet. in-8, vél. bl. (*Front. gravé.*)

1697. Curtius (Quintus), traduit en italien par Pietro Candido. *In Florentia*, 1530, 1 vol. pet. in-8, v. marbr.

Bonne édition et peu commune.

1698. Dadino Altesserra (Ant.). De Ducibus et Comitibus provincialibus Galliæ libri tres. *Tolosæ*, 1643, in-4, v. f. *Armes.* (*Piqûres de vers dans la marge des 3 premiers feuillets.*)

1699. Dati (Carlo). Eseqvie della maestà Christ. di Lvigi XIII il Givsto, re di Francia et di Navarra, celebrate in Firenze dall' Altezza Sereniss. di Ferdinando II Gran Dvca di Toscana. *In Firenze*, 1644, in-4, d.-rel. v. rou. fr. gr.

1700. Davanzati (Bernardo). L'Imperio di Tiberio Cesare, scritto da C. Tacito annali. *Fiorenza*, 1600, in-4, vél.

1701. Davanzati (Bernardo). Scisma d'Inghilterra con altre operette. *In Fiorenza*, 1638, 1 vol. in-4, v. f. (*Titre et quelques ff. racc.*)

Edition originale, ornée d'un portrait de l'auteur gravé sur bois; très-rare.

1702. Dempster (Thomas). De Etruria Regali libri VII, curante Th. Coke. *Florentiæ*, 1723, 2 vol. in-fol. br. n. rog.

Deux portraits en taille-douce.

1703. Description des beautés de Gênes et de ses environs. *Gênes*, 1788, pet. in-8, v. jaspé.

Orné de deux cartes topographiques et de plusieurs vues gravées en taille-douce.

1704. Descrittione della pompa fvnerale fatta nelle esseqvie di S. S. Cosimo de' Medici gran duca di Toscana. *Fiorenza*, 1574, in-4, br. (*Taches de rousseur.*)

Opuscule très-bien imprimé. Le frontispice est gravé sur bois; au verso, on trouve un beau portrait du duc, également gravé sur bois.

1705. Descrizione dell' apparato e degl' intermedi fatti per la commedia rappresentata in Firenze nelle nozze di don Ferdinando Medici. *Firenze*, 1589, in-4, cart.

1706. DICTYS CRETENSIS de historia belli troiani et Dares Phrygius de eadem Troiana... *Finis historiæ Dyctis cretensis in urbe Venetiarum impressæ per Cristof. Mandellum*, MCCCCLXXXXIX, in-4, lettres rondes, d.-rel. bas.

1707. DIGNIDAD de las Damas de la Reyna. — Noticias de sv origen y honores. — Consagrada a svs mismas aras por vn devoto. *S. l. n. d.* (1670), pet. in-4, vél.

Belle impression. — Forte piqûre.

1708. DIONIS Historiarum romanarum libri XXIII a XXXVI ad LVIII usque. *Lutetiæ, ex off. Rob. Stephani*, 1548, in-fol. mar. fauv. fil. dent. d'or, comp. et milieu à froid. (*Coins fat.*)

Première et belle édition. Exempl. non rogné.

1709. *Idem*. Tradotto di greco per N. Leoniceno. *Vinegia*, 1533, in-4, v. jas.

Première traduction qui ait paru. Edition originale, ornée de figures sur bois.

1710. *Idem*. Trad. per Fr. Baldelli. *Vinegia, G. Giolito*, 1547, in-4, vél.

1711. DIODORO SICULO delle antique Historie nuouamente fatto uulgare et con diligentia stampato. *In Firenze*, 1526, 1 vol. pet. in-8, rel. en vél.

1712. DIODORO SICVLO, opvs trad. Poggio. *Venetiis*, 1496, in-fol. cart.

— Le même. D.-rel. vél. bl.

Bel exemplaire.

1713. DIODORO SICILIANO (Historia overo libraria historica di) tradotta da Fr. Baldelli. *In Vinegia*, 1575, 2 vol. in-4, v. m.

1714. DIONYSII Halicarnasseii Originum sive Antiquitatum romanarum liber primus (libri X latine, interprete Lappo Birago). *Tarvisii*, 1480, in-fol. cart. (*Piq.*)

1715. DIONYSII Halicarnasseii de Thvcydidis Historia Ivdicivm, Ant. Duditio interprete. *Venetiis, Aldus*, 1560, in-4, vél.

Joli exempl. d'une belle édition.

1716. DISCORSO sopra la Mascherata della genealogia degl' Iddei de' gentili. *Firenze*, 1565, in-4, vél.

1717. DVBRAVIVS (Joannes). Historia Boiemica. *Basileæ*, 1575, in-fol. d.-rel.

Ouvrage très-estimé.

1718. DUELLIUS (Raymundus). Excerptorum genealogico-historicorum libri duo. *Lipsiæ*, 1725, in-fol. v. (*Rel. abîmée.*)

Nombreuses figures.

1719. EBULO (Pietro). Carmen de Motibus siculis, et rebus inter Henricum VI Romanorum Imperatorem et Tancredum seculo XII gestis. *Basileæ*, 1746, in-4, rel. en vél.

Première édition, ornée de 8 planches gravées au trait.

1720. ELICONA (Canzone del Gio Batt.). Nelle sponsalitie della Seren. madama Maria Medici, et del christianissimo re Henrico quarto. *Roma*, 1600, pièce in-4, n. rel.

1721. EMILIO (P.). Historia delle cose di Francia. *Venetiis*, 1549, in-4, cart.

1722. ESAME critico delle Origini italiche di Mario Guarnacci con una apologetica risposta et una lettera di Chr. Amaduzzi. *Venezia*, 1773, in-4, vél.

Première édition.

1723. ESATTA NOTIZIA del Peloponeso volgarmente penisola della Morea dall' anno 1684 fino al di presente. *Venetia*, 1687, in-4, cart. n. rog. figures.

1724. ESCALLON (J. Vincenzo). Origen y descendenzia de Reyes Benimerines señores de Africa. *Napoli*, 1626, in-4, vél. fr. gr. portrait.

1725. ESTRADA (Famiano). Guerra de Flandres, 2 decades, escrita en latin y traducida por Melchior de Novar. *Colonia*, 1681, 2 vol. in-fol. parch. fr. gr.

Ouvrage peu commun et orné de belles figures sur cuivre, gravées par Hooge.

1726. EUSEBII CÆSARIENSIS Chronicon a D. Hieronymo in sermonem latinum versum ac continuatum ab ipso Hieronymo ad annum 389, postea a Prospero Hispano ad annum 1442, demum a Mattheo Palmerio ad annum 1448. *Mediolani, s. d.* (circa 1475), in-fol. vél. bl. (*Les 32 premiers feuillets sont légèr. piqués de vers.*)

Edition fort précieuse, imprimée sans chiffres, signature ni réclame, en caractères romains.

1727. FALETI (Hieronymi) de Bello sicambrico libri IIII, et ejvsdem alia poemata, libri VIII. *Venetiis*, 1557, in-4, vél.

Livre rare.

1728. FASCICULUS TEMPORUM (auctore Wernero Rolewinck, carthusiensi). *Venetiis*, 1479, pet. in-fol. goth. cart. (*Piq.*)

1729. FASCICVLVS TEMPORVM. Erhardvs Ratdolt impressioni parauit. *Venetiis*, 1484, in-fol. d.-rel. d. et c. v. vert. (*Piqûre.*)

Enrichi de nombreuses et fort curieuses figures sur bois.

— *Idem*. V. fauve.

1730. FANTONI CASTRUCCI (Sebastiano). Istoria della Città d'Avignone e del Contado Venesino. *Venetia*, 1678, 2 vol. in-4, d.-rel. v. br. (*Rel. très-fat.*)

1731. FALETI (Girolamo). Prima parte delle Guerre di Alamagna. *Vinegia*, 1552, in-8, rel. v.

1732. FAUSTINA (la) del Mutio Justino Politano, delle arme cavallaresche. *In Venetia*, 1560, pet. in-8, d.-rel. (*Titre taché.*)

1733. FERENTILI (Agostino). Discorso vniversale, nel qvale discorrendosi per le sei età et le quattro monarchie, si raccontano tutte l'historie, etc. *Vinetia*, *G. Giolito*, 1573, in-4.

1734. FERRERAS (Juan de). Reparos historicos sobre los doce primeros años del tomo VII de la Historia de España. 1723, in-4, cart.

1735. FIORENTINI (Francesco Maria). Memorie della gran contessa Matilda. *Lucca*, 1756, in-4, vél.

1738. FLAVII JOSEPHI ANTIQUITATES Judaicæ, impressum in civitate Venetiarum 1481, in-fol. anc. rel. avec fermoirs. (*Quelques piq. de vers.*)

Belle édition gothique. Manque le titre.

1739. FLAVIO (Gius.) Historico, delle antichità et Guerre Giudaiche, tradotto per P. Lauro. *In Vinetia*, 1683, in-4, v. br.

Édition divisée en trois parties et ornée d'un grand nombre de curieuses et naïves figures sur bois.

1740. FLORI (Lvcii Annæi) Rervm romanarvm libri IV. *Amstelædami*, 1736, in-24, cart. fr. gr.

1741. FONTANA (Fulvio). I Pregj della Toscana nell' imprese più segnalate de' cavalieri di Santo Stefano. *Firenze*, 1701, in-fol. cart. fr. gr.

35 figures sur cuivre.

1742. FONTANINUS (Justus). Historiæ litterariæ Aquilejensis libri V. Accedit ejusdem dissertatio de anno emortuali S. Athanasii nec non virorum illustrium provinciæ Fori-Julii catalogus. *Romæ*, 1742, in-4, vél.

1743. FORSTNERI (Christophori) ad libros sex priores Cornelii Taciti notæ politicæ. *Lvgduni Bat.*, 1650, pet. in-12, vél.

1744. FROMONDI (Liberti) Commentaria in sacram Scripturam. *Rothomagi*, 1709, in-fol. br. n. rog.

1745. GAIUS (Bartholomeus). Epitome historico-chronologica gestorum omnium patriarcharum, ducum, judicum, regum et pontificum populi Hebraici ab Adam ad Agrippam

Juniorem. — Cui accedunt Epitome Gestorum ac effigies eorum Regum, Babyloniorum, Persarum, Græcorum ac Ptolomæorum. *Romæ,* 1751, in-fol.-rel. v. mar.

Suite de 142 beaux portraits gravés sur cuivre et accompagnés de petites notes historiques. Exempl. grand de marges.

1746. Le même, moins la Series Ptolomæorum et Regum Babyloniæ et Persiæ. 112 portraits, 1 vol. in-fol. d.-rel. v. br.

1747. GEOGRAPHI VETERES : Pomponius Mela. — Julius Solinus. — Itinerarium Antonini Aug. — Vibius Sequester. — P. Victor. — Dionysius Afer de Situ orbis. *Aldus,* 1518, pet. in-8, d.-rel.

— *Idem.* Même date, bas. rac.

1748. GIOVIO (Paolo). Compendio dell' Historie, fatto per V. Cartari. *Vinegia, G, Giolito,* 1562, pet. in-8, parch.

1749. GIUCCI (Gaetano). Iconografia storica degli ordini religiosi e cavallereschi. *Roma,* 1836, 9 vol. in-fol. vél.

Très-belle édition, ornée d'un très-grand nombre de figures sur cuivre d'une remarquable exécution.

1750. GIUSTINIANI (Bernardo). Histoire chronol. dell' origine degli ordini militari e di tvtte le religioni cavalleresche. *Venezia,* 1692, 2 vol. in-fol. parch.

Ouvrage estimé, orné d'un portrait de l'auteur gravé sur cuivre, et de nombreuses figures sur bois.

1751. GODOI (Giouanni de). Commentarii della guerra fatta nella Germania da Carlo Quinto. *Vinegia,* 1548, pet. in-8, d.-rel. bas. noir.

1752. GODOUNESCHE. Médailles du règne de Louis XV. *S. l. n. d.,* in-fol. v. br.

53 planches sur cuivre, d'une belle exécution, avec des notes explicatives.

1753. GOLTZ (Hvberto). Le vive Imagini di tutti quasi gl'imperatori da Julio Cesare insino a Carlo V. *Anversa,* 1557, in-fol. bas.

Première édition, fort rare et ornée des belles planches sur bois. — Ces planches et le frontispice sont tirés en couleurs.

1754. GONÇALAEZ DI MENDOZZA (Joan). Dell' Historia della China, tradotta dal. Francesco Avanzo. *In Venetia,* 1590, 1 vol. pet. in-8, v. br. (2 *derniers ff. mouillés.*)

Livre curieux et rare.

1755. GRAMAYE (J. B.) Respvblica Namvrcensis, Hannoniæ et Lvtsenbvrgensis. *Amstelodami,* 1634, in-32, v. f. fr. gr.

1756. Gramondus (Bartholomæus). Historiarum Galliæ ab excessu Henrici II, libri XVIII. *Moguntiæ*, 1673, pet. in-8, vél.

1757. Guarmacci (Mario). Origini italiche, o siano memorie istorico-etrusche sopra l'antico regno d'Italia e sopra i di lei primi abitatori nei secoli più remoti. *Lucca*, 1767, 3 vol. in-fol. vél.

Ouvrage estimé et orné de nombreuses figures en taille-douce.

1758. Gvazzo (Marco). Historie di tvtte le cose degne di memoria qvai del anno 1524 sino a questo presente sono occorse, etc. *Venetia*, 1560, in-4, vél. *Portrait.*

1759. Gugliemo (arcivescovo di Tiro). Historia della gverra sacra di Giervsalemme trad. in ling. ital. da M. Giuseppe Horologgi. *Venetia, Valgrisi*, 1562, rel. vél. in-4. (*Imp. en italiques.*).

1760. Guicciardini (Francisci) Historiarum sui temporis libri XX, in latinum conversi, Cœlio Secundo interprete. *Basileæ*, 1567, 2 vol. pet. in-8, peau de truie. (*Rel. piq.*)

Bel exemplaire.

1761. Hadriani a Commodo Marci filio ad Maximum usque et Albinum imperatores, historiarum libri VIII (græce). *Basileæ, apvd Joannem Valdervm, s. d.* (1530), in-32, d.-rel.

1762. Haythonvs. Liber historiarvm partivm orientis, sive passagivm Terræ sanctæ, scriptvs anno Redemptoris 1300. *Haganoæ*, 1529, 1 vol. in-4, d.-rel. v. vert. (*Mouillé.*)

Opuscule très-intéressant et très-rare. Frontisp. orné d'une bordure gravée sur bois.

1763. Herodoti Historiæ libri IX et de vita Homeri libellus, illic ex interp. L. Vallæ adscripta, his est interp. (Heresbachii, utraque H. Stephano recognita). (*Parisiis*), 1566, in-fol. mar. f.

Curieuses figures sur bois.

1764. Hegesippi de Bello judaico.... *Venundatur J. B. Ascensio*, 1524, in-fol. — Historia Belli sacri verissima... authore olim Wilhelmo Tyrio, nunc multo castigatior. *Basileæ, ap. Nicolaum Brylingerum, ann.* 1564, in-fol. rel. vél. .

Le deuxième ouvrage contenu dans ce volume est orné de très-curieux bois dans le texte.

1765. Herodoti Historia. *Glasguæ*, 1761, 9 vol. pet. in-8, v. f.

Edition très-jolie, correcte et rare.

1766. Herodiani Historiæ lib. VIII. — Sexti Aurelii Victoris. — Eutropii Historiæ lib. X. — Pauli Diaconi lib. VIII. *Florentiæ*, 1517, pet. in-8, vél.

1767. HERODIANUS. Historia dello imperio dopo Marco, tradotto in lingua toscana. *Fiorenza*, 1522, pet. in-8, d.-rel. vél.

Joli exemplaire de la première édition.

1768. HISTORIA Augusta imperatorum romanorum a Julio Cæsare usque ad Josephum, ex Joa. Petri Lotichii et Jo. Jac. Hofmanni tetrastichis... *Amstelodami*, 1710, in-fol. vél. fr. gr.

Nombreuses figures sur cuivre.

1769. HISTORIE FIORENTINE (Le). Historia fiorentina di Aretino, tradotta da Donato Acciajoli. — Historia fiorentina di Poggio, tradotta da Jacopo suo figlio. *Firenze*, 1492, 1 vol. in-fol. vél.

1770. HISTORIÆ Romanæ scriptores latini minores. *Francofvrdi*, 1588, 3 vol. in-fol. mar. rou. fil.

1771. JOSEPHI (Flavii) Opera quæ extant (græce et latine). *Genevæ*, 1611.

1772. (Jovius Paulus). Commentario de le cose de' Tvrchi, a Carlo V imperatore augusto. *S. l.*, 1538, un vol. in-16, cart.

Edition rare. Exempl. d'une belle conservation.

1773. JVSTINVS. Ex Trogo Pompeio historia. Hvic accessit commentariolvs, etc. *Basileæ*, 1539, pet. in-4, v. br.

1774. *Idem. Parisiis*, 1581, pet. in-8, d.-rel.

Edition rare et très-recherchée à cause des notes de Bongars.

1775. *Idem. Aldus*, 1522, pet. in-8, vél.

1776. *Idem.* Tradotto in lingua toscana. *In Venetia*, 1542, 1 vol. pet. in-8, bas. (*Rel. défraîchie*), fr. gr.

Jolie édition, inconnue à Brunet. Exempl. de bonne conservation.

1777. JVSTINIANI (Berardi) de Origine Vrbis Venetiarvm, rebvsqve ejvs ab ipsa ad qvadringentesimvm vsqve annvm gestis historia. *Venetiis*, 1492, in-fol. bois. (*La marge du 4me f. est enlevée.*)

Bel exempl., orné de fort jolies et nombreuses lettres onciales or et couleurs. Edition originale.

1778. Historia Reipublicæ Venetæ. *Venetiis, s. d.*, in-fol. vél. (*Titre remonté.*)

1779. KEDERVS (Nicolavs). Nummi aliqvot diversi ex argento præstantissimi. Nempe decem Olai Sveci, vnvs Anvndi Carbonarii ac vnvs Haqvini Rvfi Sveciæ regvm, etc. *Lipsiæ*, 1706, in-4, vél. (*Mouillé.*)

1780. Lechevalier. Voyage dans la Troade, ou Tableau de la plaine de Troie dans son état actuel. *Paris, an VII,* in-8, vél. *Figures.*

1781. Lepolemo. Historia del valorosissimo cavaliero della Croce, che per sve gran prodezze, dopo varie imprese, fu à l'Imperio d'Alemagna sublimato, tratta dal spagnvolo. *In Venetia*, 1559, 1 vol. in-8, parch. (*Quelques ff. piqués de vers à la marge, quelques autres brûlés; le texte n'en est pas atteint.*)

Edition fort rare.

1782. Leto (Pomponio). Compendio de l'historia romana dalla morte di Gordiano il Giovane fino a Givstino Terzo, tradotto per Fran. Baldelli. *In Venetia, G. Giolito,* 1549, 1 vol. pet. in-8, parch.

Très-joli exemplaire.

1783. *Idem.* Pet. in-8, m. rou. comp. à froid, fil. tr. dor. (*Aux armes.*)

1784. Livii Patavini (Titi) Decades. *Lucca,* 1485, in-fol. d.-rel. vél. (*Quelques ff. mouillés légèrement.*)

1785. *Idem. Venetiis,* 1491, in-fol. d.-rel. v. rou.

1786. *Idem,* duobus libris auctus, cum Flori epitome, addito indice et Leonardo Aretino de primo bello Punico. *Venetiis,* 1520, in-fol. vél.

Edition peu commune et ornée de jolies et curieuses figures sur bois dans texte.

1787. Livii Patavini Historiarum ab urbe condita XV decades. *Venetiis,* 1532, in-fol. vél. (*Mouillé, quelques piq.*)

1788. *Idem,* cum adjunctis scholiis C. Sigonii. *Venetiis, apvd Pavlvm Manvtivm,* 1566, in-fol. vél.

1789. Livii Patavini Historiarum ab vrbe condita libri qvi exstant XXXV cvm vniversæ historiæ epitomis. Caroli Sigonii scholia. *Venetiis, in ædibus Manvtianis,* 1572, in-fol. cart.

1790. *Idem.* 1572, in-fol. d.-rel. v. br.

1791. *Idem. Venetiis, apvd Aldum,* 1592, in-fol. vél.

1792. *Idem.* Cum Gronovii notis. *Amstelodami, apud Dan. Elsevirium,* 1679, 3 vol. in-8, v. br. *Front. gravé.*

1793. *Idem.* Cum supplementis librorum amissorum a J. Freinshemio concinnatis. Recensuit et notis illustravit Crevier. *Parisiis,* 1735, 6 vol. in-4, v. rac.

Bel exempl. de cette édition fort estimée.

1794. Livio (Tito). Le Deche, historiate con uno certo tractato de bello Punico. *Venetia,* 1502, in-fol. cart.

Nombreuses et fort curieuses figures sur bois, intercalées dans le texte.

1795. Livio Padovano. Le Deche delle historie romane, tradotte da Jacopo Nardi. *Venetia, Givnti,* 1562, d.-rel. vél.

Traduction très-estimée.

— Le même, vél. (*Dos piq.*)

1796. Lucani (M. Annei) Vita ex commentario antiquiss., impressum anno 1477, in-fol. rel. en bois. (*Quelques piqûres de vers.*)

1797. Ludolfi (J.) de Bello turcico feliciter conficiendo; accedunt epistolæ quædam Pii V, P. Max. *Francofurti,* 1686, in-4.

Reliure italienne en vélin, peint et doré.

1798. Mabillon (Joh.). De Re diplomatica libri VI, cum supplemento, editio tertia et nova J. Adimari. *Neapoli,* 1789, 2 vol. in-fol. d.-rel. v. ant. fac sim.

Très-bel exempl., grand papier, y compris le supplément.

1799. Mabillonius (Joannes). De veteribus regum Francorum diplomatibus, et arte secernendi antiqua diplomata vera a falsis, Disceptatio II. *Parisiis,* 1706, pet. in-8, vél.

1800. Macigni (Manfredi). Eseqvie del Serenissimo Ferdinando II, Gran Dvca di Toscana. *Firenze,* 1671, in-4, v. noir.

Orné de 2 grandes planches, gravées par Falda.

1801. Maffei (Giovan. Pietro). Le Istorie delle Indie Orientali, tradotte da M. Fran. Serdonati. *Fiorenza,* 1589, in-4, cart.

Traduction citée par La Crusca.

1802. Magnus (Joannes). De omnibus Gothorum Sueonumque regibus historia. *Romæ,* 1554, in-fol. v. violet.

Magnifique exempl. de cette belle édition, qui est la plus recherchée de toutes et fort rare. — Curieuses figures sur bois.

1803. Maimbourg (Louis). Histoire des Croisades pour la délivrance de la Terre sainte. *Paris,* 1682, 2 vol. pet. in-12, vél. fr. gr.

1804. Malespini (Ricordano). Storia antica dalla edificazione di Fiorenza per insino all' anno 1281. *Fiorenza, per Filippo Giunti,* 1598, pet. in-4, v. br.

1805. Marcel (G.). Conspectus chronologiæ, methodo imprimis curiosa successionem electorum, ducum..... serie exhibentis. *Hamburgi*, 1692, 2 petits tom. en 1 vol. in-32, vél.

Entièrement gravé.

1806. MARIANÆ (P. Joa.), Soc. J., Summarium ad historiam Hispaniæ. *Moguntiæ*, 1619, in-4, v. fau.

1807. MARIANA (Juan.) Historia general de España. *Madrid*, 1678, 2 vol. in-fol. vél.

1808. MARIANA (Juan). Historia general de España. *Madrid*, 1780, 2 vol. in-fol. v. marb.

Cette traduction, faite par l'auteur lui-même, contient des augmentations considérables, qui la font préférer à l'original.

1809. MARINI (Gaetano). Degli Archiatri pontifici. *Roma*, 1784, 2 vol. in-4, d.-rel. v. rose.

Ouvrage rempli de savantes recherches. — Il contient des suppléments et des corrections de l'œuvre de Mandosius, que l'on trouve à la fin du deuxième volume. — Bel exempl. à toutes marges.

1810. MARTIN (Dom Jacques). La Religion des Gaulois, tirée des plus pures sources de l'antiquité. *Paris*, 1727, 2 vol. in-4, v. jas. (*piq.*)

Ouvrage orné d'un grand nombre de figures sur cuivre.

1811. MATTHEI (Antonii) de Nobilitate, de principibus, de ducibus, de comitibus, etc., de comitatu Hollandiæ et diœcesi Ultrajectina, libri IV. *Amstelodami*, 1686, in-4, vél.

1812. MENESTRIER (Cl.-Fr.). Histoire du règne de Louis le Grand par les médailles, inscriptions, devises et armoiries. *Paris*, 1699, in-fol. v. gr.

Edition ornée d'un frontispice gravé, d'un portrait de l'auteur et de nombreuses planches de médailles.

1813. MENESTRIER (le père). Introduction à l'histoire du règne de Louis le Grand. *S. l. n. d.*, in-fol. v. br. fr. gr.

Nombreuses figures sur cuivre.

1814. MERULA (Georgius). Antiquitatis Vicecomitvm libri X. *S. l. n. d.* — JOVIVS (Pavlvs). Dvodecim Vicecomitvm Mediolani principvm vitæ. *Mediolani*, 1623, 1 vol. in-fol. vél.

Magnifique exempl., orné de beaux portraits sur cuivre.

1815. METROPOLI MEDOLANENSI (de). *Mediolani*, 1596, 1 vol. pet. in-8, rel. en vél.

Bel exemplaire.

1816. MEVRSIVS (Joannes). Historiæ Danicæ, sive, de regibvs Daniæ, qui familiam Oldenburgicam præcessere, eorumque rebus gestis, a Dano ad Canvtvm VI, in quo definit

Saxo, libri qvinqve priores. *Amstelodami, Blaev*, 1638, in-fol. anc. rel. mar. rou., fil. compart. milieu, tr. dorée.

1817. MEYER (Jacobus). Commentarii siue Annales rerum Flandricarum libri septendecim. *Antverpiæ*, 1561, pet. in-fol. vél. (*Mouillé.*)

Edition originale.

1818. MILLIN (Aubin-Louis). Antiquités nationales, ou Recuei de monuments. *Paris*, 1790, 5 vol. in-4, br. n. rog.

Ouvrage intéressant pour l'histoire de France, contenant un très-grand nombre de figures.

1819. MITTARELLI (Jo. Bened.). Ad scriptores rerum italicarum Cl. Muratorii accessiones historicæ Faventinæ. *Venetiis*, 1771, in-fol. vél.

On réunit d'ordinaire ce volume à l'ouvrage de Muratori.

1820. MIZALDI (Antonii) de Mvndi sphæra, seu cosmographia, libri tres. *Lutetiæ*, 1553, pet. in-8, vél.

Figures sur bois.

1821. MORIGI. Historia brieve dell' augustissima casa d'Austria. *Bergamo*, 1593, in-4, cart. fr. gr. (*Racc.*)

A la fin, Lavretanæ Virginis Historia, avec une figure gravée sur bois.

1822. MURATORI (Lud. Ant.). Rerum italicarum scriptores, ab anno quingentesimo ad millesimum quingentesimum. *Mediolani*, 1723, 25 tom. en 28 vol. in-fol. vél.

Collection importante et très-rare.

1823. NEPTUNE AMÉRICO-SEPTENTRIONAL, contenant les îles, côtes et bancs, les baies, ports et mouillages de cette partie du monde. *S. l. n. d.* (*Paris*, 1780), gr. in-fol. v. m.

1824. NIBBY (Antonio). Viaggio ad Ostia. *Roma*, 1829, in-4, cart. avec 2 plans.

1825. NICÆI (Dionis) Rerum romanarum a Pompeio Magno ad Alexandrum Mam. epitome, authore J. Xiphilino (græce). *Lutetiæ, ex off. Rob. Stephani*, 1551, in-4, vél.

1826. NICÆI (Dionis) idem opus in lingua latina, 1551, pet. in-4, vél.

1827. NICOLAY (Nicolas) S^r d'Arfeville. — Le Navigationi e viaggi nella Turchia, tradotto da Franc. Flori di Lilla. *Anversa*, 1576, pet. in-4, d.-rel. vél.

Ouvrage intéressant, orné d'un grand nombre de jolies figures sur bois.

1828. NOLANI (eximii doctoris Ambr. Leonis) de nobilitate rerum Dialogus. *Venetiis*, 1525, pet. in-8, d.-rel.

1829. NORIS (Henricvs). Historia pelagiana Joan. Berti notis illustrata. Accedunt ejusdem cardinalis addenda et corrigenda. *Bassano*, 1766, in-fol. v. f. (*aux armes*), portrait de l'auteur.

1830. NOTITIA vtraqve cvm orientis tvm occidentis vltra Arcadii Honoriiqve Cæsarvm tempora, illvstre uetvstatis monumentvm. — ALCIATI (And.). De magistratibus civilibvsqve et militaribus officiis. — VICTORII (Pub) Descriptio urbis Romæ, etc. *Basileæ*, 1552, in-fol. vél. (*Quelques ff. mouillés.*)

Première édition, ornée d'un très-grand nombre de curieuses figures sur bois.

1831. NUPTIIS (de) Ferdinandi archiducis Austriæ et Beatricis Atestinæ gratulatio Mediolani habita in instauratione studiorum collegii Braidensis S. J. *Mediolani*, 1772, in-4, cart.

Bel exempl., à grandes marges, enrichi de 6 figures gravées par J. Mercolus.

1832. OLDOUINI (Gregorii) de Primordio felicique successu vrbis Venete opusculum. — Libri tres vrbis Venetæ, libri quatuor Elegiarum, libri tres Epigrammatum. *Venetiis*, 1551, 1 vol. pet. in-8, vél.

Une piqûre de vers aux deux premiers et aux quatre derniers feuillets.

1833. OROSIUS (Paulus). Historiarum libri VII. *S. l. n. d.* (*Basileæ, circa* 1480), pet. in-fol. vél. (*Mouillé.*)

Très-rare.

1834. OROSIO (Pavlo), tradotto di latino in volgare per Giovanni Gverini. *S. l. n. d.*, pet. in-8, vél.

1835. *Idem*. Pet. in-8, v. f.

1836. ORTELIUS (Abr.). Theatrum orbis terrarum, opus plurimis commentariis auctum. *Antverpiæ, apud Ch. Plantinum*, 1584, gr. in-fol. bas. (*Rel. fat.*)

114 cartes et un frontispice coloriés.

— Le même. Bas. (*Rel. fat.*)

1837. OTTO (Evrardvs). De ædilibvs coloniarvm et mvnicipiorvm liber. *Francofvrti*, 1713, pet. in-8, d.-rel. vél. bl. n. rog. (*Fortes taches de rousseur.*)

1838. PANTALEON (Henricus). Militaris ordinis Johannitarvm, aut Melitensivm eqvitvm, rervm memorabilivm historia noua. *Basileæ*, 1581, in-fol. vél.

Curieuses figures sur bois.

1839. PANVINIUS (Onvphrivs). De comitiis imperatoriis liber. *Argentorati*, 1613. — CASELLÆ (Petri Leonis). De primis Italiæ colonis. — De Tvscorvm origine et republica Florentina. *Lvgdvni*, 1606. Ens. 1 vol. pet. in-8, parch.

1840. PANVINIUS (Onuphrius). Epitome pontificvm romanorvm a S. Petro usque ad Paulum IIII. *Venetiis*, 1557, pet. in-fol. mar. rou. (*Dos abîmé.*)

Ouvrage contenant un grand nombre de blasons gravés sur bois.

1841. PAOLO DIACONO. Historie segventi à quelle d'Eutropio de i fatti de' romani imperatori, nvovamente tradotte. *In Venetia*, 1548, 1 vol. pet. in-8, parch.

1842. PAOLINO DA SAN BARTOLOMEO. Viaggio alle Indie Orientali. *Roma*, 1796, in-4, cart. br.

Douze planches de figures sur bois.

1843. PASSERII (Jo. Bapt.) in Thomæ Dempsteri libros de Etruria regali paralipomena. *Lucæ*, 1767, in-fol. br. n. rog.

1844. PASTREGICUS (Guillelmus). De originibus rerum libellus. *Venetiis*, 1547, 1 vol. in-12, cart.

Cet ouvrage, composé dans le XVIe siècle, peut être regardé comme le premier essai qu'on ait donné d'un dictionnaire historique et géographique; sans être exempt d'erreurs, il prouve au moins une érudition prodigieuse de l'auteur, et il présente plusieurs notices qu'on ne trouve pas ailleurs.— Ce volume rare n'est que la seconde partie du Dictionnaire manuscrit qui existe dans la biblioth. de Saint-Jean et Saint-Paul, à Venise (Brunet). Bel exempl., sauf une légère piqûre des deux derniers feuillets, qui n'atteint pas le texte.

1845. PATAROL (Laurentius). Series augustorum, augustarum, cæsarum et tyrannorum omnium, tam in Oriente quam in Occidente, a C. J. Cæsare ad Carolum VI. *Venetiis*, 1740, in-4, cart. fr. gr.

Nombreuses figures intercalées dans le texte. Exempl. non rogné.

1846. PATRICIUS (Francesco). La Militia romana di Polibio, di Tito Livio et di Dionigi Alicarnasseo. *Ferrara*, 1583, in-4. rel. en vél.

Joli exempl., orné de planches.

1847. PERUCCI (Francesco). Pompe fvnebri di tvtte le nationi del mondo, *Verona*, 1639, pet. in-fol. bois, fr. gr.

Orné de jolies figures sur cuivre.

1848. PII II pontificis maximi historia rerum vbiqve gestarvm. Cvm locorvm descriptione non finita Asia Minor incipit. *Venetiis*, 1477, in-fol. d. rel. v. bleu.

Magnifique exempl., grand de marges.

1849. PISTOTIUS (Joannes). Illvstrivm vetervm scriptorvm qvi rervm a Germanis per mvltas ætates gestarvm Historias vel Annales posteris reliqvervnt. *Francofvrti*, 1613, 3 vol. in-fol. vél. (*Aux armes d'un cardinal.*)

Ouvrage fort estimé.

1850. Poggio (Carolvs). De nobilitate, liber disceptatorivs. —Leonardi Chiensis, de vera Nobilitate contra Poggivm, cvm eorvm vita et annotationibvs abbatis Michaelis Jvstiniani, etc. *Abellini*, 1637, in-4, cart. n. rog.

1851. Polybii Historiarvm libri V priores, Nic. Perotto interprete. *S. l.*, 1597, in-32, v. br. (*Piq.*)

1852. Pomponii Melæ Cosmographi geographia.... *Venetiis*, 1482, in-4, goth. planche sur bois, d.-rel. mar. racc.

Edition fort rare et l'une des premières, non citée par M. Brunet.

— Le même.

Bel exempl., sans défaut.

1853. Pomponivs Mela, Jvlivs Solinvs, Antoninvs. Itinerarivm. — P. Victor. De regionibvs vrbis Romæ. — Dionysivs. De sitv orbis. *Florentiæ*, 1519, 1 vol. pet. in-8, vél.

Jolie édition.

1854. Porcacchi (Thomaso). Paralleli o essempi simili, cavati da gli historici, acciochè si vegga, come in ogni tempo le cose del mondo hanno riscontro, o fra loro, o con qvelle de' tempi antichi. *Vinegia, G. Giolito*, 1566, pet. in-4, d.-rel. (*Mouillé.*)

1855. Postellus (Guilielmus). De Etrvriæ regionis, quæ in orbe europæo habitata est, originibus, institutis, religione et moribus, etc., commentatio. *Florentiæ*, 1551, in-4, d.-rel. d. et c. vél. vert. fr. gr.

1856. Procopio Cesariense. De longa et aspra guerra de' Gothi libri tre, tradotti per Benedetto Egio da Spoleti. *In Venetia*, 1544, 1 vol. pet. in-8, parch.

1857. Procopio Cesariense. De la guerra di Giustiniano imperatore contra i Persani, de la guerra del medesimo contra i Vandali, tradotto per Bened. Egio. *Venezia*, 1547, pet. in-8, mar. br. anc. rel. italienne, tr. dor.

1858. Prunetti (Michel Angelo). Viaggio pittorico-antiquario d'Italia e Sicilia. *Roma*, 1820, 4 vol. pet. in-8, cart. n. rog.

1859. Ptolomæus (Claudius). Liber geographiæ, cum tabulis et universali figura, et cum annotationibus Ber. Sylvani Eboliensis. *Venetiis*, 1511, in-fol. vél.

Edition imprimée en rouge et noir, et contenant un grand nombre de cartes géographiques gravées sur bois. Peu commune.

1860. *Idem.* Cum traductione, e Græcorum archetypis castigatissime pressum. *Joannes Scotus literis excepit*, 1520, gr. in-fol. d.-rel. Manq. le 1er ff. formant le titre.

Edition fort curieuse, accompagnée de 47 cartes coloriées, exécutées dans le genre xylographique; quelques-unes sont racc. et piquées de vers.

1861. *Idem. Argentorati*, 1522, in-fol. rel. en vél.

Ouvrage orné de dessins très-curieux et de cartes très-nombreuses. Le tout colorié à la main.

1862. *Idem.* Tradotto da Girolamo Ruscelli. *Venetia*, 1561, 1 fort vol. gr. in-8, d.-rel. v. rou.

Orné d'un grand nombre de cartes géographiques d'un grand intérêt. (*Forte piq.*)

1863. Ptolomæi (Claudii) liber de Analemmate a Fed. Commandino instauratus. *Romæ ; apud Paulum Manutium*, 1562, in-4, vél.

Jolie édition, avec figures.

1864. Rasarius (Joannes). De victoria christianorum ad Echinadas oratio. *Venetiis*, 1571, in-4, cart.

1865. Relationi (le) et descrittioni vniversali et particolari del mondo di Lvca di Linda et Maiolino Bisaccioni. *Venetia*, 1672, in-4, vél.

1866. Reposati (Rinaldo). Della Zecca di Gubbio e delle geste de' conti e duchi di Urbino. *Bologna*, 1772, 2 vol. in-4, cart.

Figures sur cuivre.

1867. Ricerche istorico-critiche delle antichità di Este, dalla sua origine fino all' anno 1713 dell' era cristiana. *Padova*, 1776, in-fol. v. marb.

Magnifique exempl. de cette belle édition, ornée de figures sur bois.

1868. Ritivs (Mich.). De regibvs Francorum lib. III. De regibvs Hierosolymorvm lib. I. De regibvs Neapolis et Siciliæ lib. IIII. De regibvs Vngariæ lib. II. *Basileæ*, 1517, in-4, parch. (*Rel. fat.*)

1869. Roma illvstrata, sive antiqvitatvm romanarvm breviarivm. Accessit Georgii Fabricii veteris Romæ postrema editio. *Amstelodami*, 1657, in-24, v. br. fr. gr. (*Rel. fat.*)

1870. Rosaccio (Gio.) Le sei età del mondo. *In Milano*, 1596, pet. in-8, cart.

1871. Rvbevs (Hieronymvs). Historiarvm Ravennatvm libri decem. *Venetiis* (*apud Aldum*), 1572, in-fol. vél. (*Quelques piq. à la table.*)

1872. Rufus (Sextus). Libro della historia romana a Valentiniano Augusto, tradotto per il conte d'Aversa. *Fiorenza*, 1545, pet. in-8, vél.

Très-joli exempl., sauf le titre, qui manque et qui a été fait à la main.

1873. Rycquii (Justi) de Capitolio romano commentarius. *Lugduni Batavorum*, 1669, in-12, vél. fr. gr.

Figures sur cuivre.

1874. Saavedra Fachardo (Diego). L'Idea del prencipe politico-christiano, tradotta dal Sr Paris Cerchiari. *Venetia*, 1678, in-12, v. br. fr. gr.

1875. Saavedra Faxardo (Diego). Corona Gothica, Castellana y Avstriaca politicamente illustrada. *Amberes*, 1681, 3 part. en 2 vol. in-fol. v. (*Rel. fat.*)

Orné de beaux portraits sur cuivre.

1876. Sabellicus (Antonius). Rerum Venetiarum ab urbe condita lib. XXXIII. *Venetiis*, 1487, gr. in-fol. rel. en vél. (*Quelques taches de rousseur, incomplet du dernier feuillet de la table.*)

1877. Sabellicus (Antonius). De Venetæ urbis situ. *S. l. n. d.*, gr. in-8, cart.

1878. *Idem.* Volgarizato per Matteo vesconte di Sancto Canciano. *S. l. n. d.*, in-fol. rel. en bois recouvert de v. noir (*Rel. fat.*)

1879. Sallustius (Caius). Quæ exstant opera. *Lutetiæ Parisiorum*, 1744, pet. in-8, vél.

Joli exempl. de cette édition, ornée de figures gravées par Fessard.

1880. Sallustii (L. Crispi) et Cl. Clavdiani opera quæ extant. *Amstelodami*, 1688, 1 vol. in-32, v. fr. 2 fr. gr.

1881. Sallustii (C.) de Conjuratione Catilinæ, de bello Jugurthino. *Aldus*, 1560, pet. in-8, parch.

1882. Salvstio, con alcvne alt e belle cose, volgaregiato per Agostino Ortica della Porta. *Vinegia*, 1523, pet. in-8, rel. en vél.

1883. *Idem.* Tradotto da Vittorio Alfieri da Asti. *Firenze*, 1824, in-8, d.-rel. v. f. (non coupé). *Portrait.*

1884. *Idem.* Nvovamente per Lelio Carani tradotto. *Fiorenza*, 1550, pet. in-8, mar. rouge, fr. gr.

Très-joli exempl. de cette édition recherchée.

1885. Salviati (Lionardo). Orazione delle lodi di donno Alfonso d'Este, recitata nell' Academia di Ferrara per la morte di quel signore. *In Ferrara*, 1597, in-4, d.-rel. v. br.

Edition rare, citée par La Crusca.

1886. Sansovino (Francesco). Della origine et de' fatti delle famiglie illvstri d'Italia. *Vinegia*, 1582, in-4, vél.

1887. Sansovino (Francesco). L'Historia di casa Orsina. *Venetia*, 1565, gr. in-4, vél.

Belle édition enrichie de deux portraits sur cuivre.

1888. Santos (el padre de los). Descripcion del real monasterio de S. Lorenzo del Escorial. *Madrid*, 1681, in-fol. vél.

Figures sur cuivre.

1889. Saraynæ (Torelli) de Origine et amplitudine ciuitatis Veronæ. *Veronæ*, 1540, pet. in-fol. vél.

Première édition, la plus rare et la plus recherchée. Bel exempl., orné du portrait de l'auteur et de 29 planches gravées sur bois par Carotto. Celle du théâtre, qui manque à la plupart des exempl., se trouve dans celui-ci, mais elle a quelques piqûres de vers.

1890. Sarnelli (Pompeo). Guida de' forestieri curiosi di vedere e d'intendere le cose più notabili della regal città di Napoli. *Napoli*, 1697, pet. in-12, v. marb. *Figures.*

1891. Sarnelli (Pompée). La Gvide des Etrangers curieux de voir, de connoître les choses les plus mémorables de Poussol, Bayes, Cumes, Misène, etc., traduite par Ant. Bulifon (en français et en italien). *S. l. n. d.*, pet. in-12, v. marb.

Enrichi d'un plan et de nombreuses figures gravées en taille-douce.

1892. Semedo (Alvaro). Relatione della grande monarchia della Cina. *Romæ*, 1543, 1 vol. in-4, d.-rel. d. et c. en vél. br. fr. gr. (*Taches de rousseur.*)

Relation très-intéressante et d'une exactitude reconnue.

1893. Schelterus (Joannes). Thesaurus antiquitatum teutonicarum, ecclesiasticarum, civilium, litterarium. *Ulmæ*, 1728, 3 forts vol. in-fol. fr. gr.

Recueil très-précieux de documents d'une grande importance relatifs à l'histoire d'Allemagne. Exempl. d'une belle conservation.

1894. Scotti. Helvetia profana, relatione del dominio temporale de' potentissimi XIII cantoni Svizzeri. *Macerata*, 1642, in-4, vél. (*Aux armes du cardinal Barberino, à qui le livre est dédié.*)

1895. Sigonii (Caroli) in Fastos consvlares ac trivmphos romanos commentarivs. *Venetiis, apud Pavlvm Manvtivm, Aldi fr.*, 1556, in-fol. vél.

1896. Silva (Rodrigo Mendez). Catalago real y genealogico de España, ascendencias y descendencias de nuestros catolicos principes y monarcas supremos. *En Madrid*, 1656, 1 vol. in-4, parch. (*Notes manuscrites aux marges.*)

1897. Simoneta (Joannes). Res gestæ Francisci Sphortiæ. *Mediolani*, 1486, in-fol. d.-rel. v. br. (*Piq.*)

1898. *Idem.* Tradocto da Chr. Landino. *Milano*, 1490, in-fol. vél.

Edition originale de cette traduction estimée. Bel exemplaire.

1899. Solis (Antonio de). Historia de la conquista de Mexico, poblacion y progressos de la America septentrional, conocida por el nombre de Nueva España. *Barcelona,* 1691, pet. in-fol. vél.

Ouvrage très-estimé.

1900. *Idem.* Tradotta in toscano per un' academico della Crusca. *Venezia,* 1733, in-4, d.-rel. mar. violet, *n. rogné.*

Orné d'un portrait de l'auteur et de figures.

1901. Soranzo (Lazaro). Oratione ad Henrico Quarto. *In Bergamo,* 1596, 1 vol. in-4, d.-rel. v. br.

1902. Spina (Alphonsus de). Fortalicium fidei contra Judeos, Saracenos aliosque fidei christiane inimicos. *Lugduni,* 1511, pet. in-8, peau de truie.

Bel exempl., orné de quelques bordures sur bois.

1903. Spon (Jacob) et George Wheler. Voyage d'Italie, de Dalmatie, de Grèce et du Levant, fait aux années 1675 et 1676. *A la Haye,* 1724, 2 vol. in-12, v. marbr.

Orné d'un grand nombre de figures, cet ouvrage est aussi amusant qu'instructif.

1904. *Le même.* 1678, 3 vol. in-12, v. br. (*Rel. fat.*)

Première édition, ornée d'un portrait et de nombreuses figures.

1905. Sqvitinio della Libertà Veneta, nel qvale si addvcono anche le raggioni dell' impero romano sopra la città et signoria di Venetia. *Mirandola,* 1619, in-8, vél.

1906. Statvti, capitoli et constitutioni dell' ordine de' cavalieri di Santo Stefano. *In Fiorenza,* 1545, 1 vol. in-8, parch.

1907. Strada (Octavius). Genealogia et series Austriæ ducum, archiducum, regum et imperatorum, eorumque conjugum. *Lugduni Bat.,* 1664, in-fol. vél.

Un grand nombre de médailles dans le texte.

1908. Streinnius (Richardus). Gentium et familiarum romanorum stemmata. *S. l.,* 1559, in-fol. non rog.

1909. *Idem.* 1571, in-4, parch.

— Le même, parch.

— Le même, in-fol. non rog.

1910. Svpplementvm Svpplementi delle chroniche del venerando Padre frate Jacobo Philippo, del ordine Heremitano, primo auctore. Nouamento reuisto et vulgarizato, con la gionta dal anno 1524 in fino al 1535. *Venetia,* 1535, in-fol. d.-rel. v. vert. (*Quelques ff. racc.*)

Livre curieux, orné de figures sur bois intercalées dans le texte.

1911. *Idem. Venetiis,* 1540-53, in-fol. vél. fr. gr.

Nombreuses et curieuses figures sur bois.

1912. SVETONIVS TRANQVILLVS de XII Cæsaribvs. — Ælius Spartianvs. — Jvlivs Capitolinvs. — Ælivs Lampridivs. — Trebellivs Pollio. — Flavivs Vopiscvs. — Evtropivs. — Et Paulvs Diaconvs de regvm ac imperatorvm romanorvm vita. *Venetiis*, 1490, in-fol. d.-rel. d. et c. v. f.

Edition peu commune.

— Le même, d.-rel. v. marb.

1913. SVETONII XII Cæsares. — S. A. VICTORIS a D. Cæsare Avgvsto vsqve ad Theodosivm excerpta — EVTROPII de Gestis Romanorum. — PAVLI Diaconi libri VIII ad Eutropii historiam. *Venetiis, in ædibus Aldi*, 1521, pet. in-8, v. gran. (*Piq.*)

Édition très-estimée.

1914. SUETONII TRANQUILLI, — SEXTI AURELII, — Eutropii, etc., annotationes etiam Erasmi et Pauli Diaconi. *Aldus*, 1621, pet. in-8 de vél.

— Le même, anc. rel. gauff.

1915. SWALVE (Bernhardus). Pancreas pancrene : sive pancreatis et succi commentum. *Amstelodami*, 1567, in-24, vél. (*Armes.*)

1916. SYMEONI (Gabriello). Commentarii sopra alla Tetrarchia di Vinegia, di Milano, di Mantova et di Ferrara. al ser. prin. di Vinegia. *Vinegia*, 1548, pet. in-8, cart.

1917. TACITUS (Cornelius). Libri quinque noviter inventi, atque cum reliquis ejus operibus editi. *Mediolani*, 1517, in-4, rel. en vél. (*Mouillé.*)

Édition aussi rare et aussi recherchée que l'originale.

1918. *Idem. Florentiæ*, 1527, 1 vol. pet. in-8, rel. en vél. (*Taches de rousseur; notes manuscrites.*)

Edition des plus rares.

1919. *Idem. Basileæ*, 1533, in-fol. vél.

1920. *Idem. Parisiis*, 1581, in-fol. vél. (*Piq.*)

1920 *bis*. *Idem*. Vél. (*Mouillé à la marge.*)

1921. TACITI (C. Corn.) Opera quæ exstant. J. Lipsius postremum recensuit. *Autverpiæ*, 1607, in-fol. d.-rel. cuir de Russie.

1922. *Idem*. Justus Liptius recensuit. *Antverpiæ, ex off. Plantiniana*, 1627, in-fol. vél.

1923. *Idem*. *Antverpiæ, ex off. Plantiniana*, 1648, 1 vol. in-fol. v. (*Rel. fat.*)

1924. *Idem.* Joh. Gronovius recensuit. *Amstelodami,* 1672, 2 vol. pet. in-8, vél. fr. gr.

Très-bonne édition, recherchée surtout pour les nombreux commentaires qu'elle contient.

1925. *Idem.* Tradotto a Bernardo Davanzati. *Parigi,* 1760, 2 vol. pet. in-8, d.-rel. vél.

Jolie édition.

1926. *Idem. Padova,* 1755, 2 vol. in-4, vél. bl.

1927. Tacitus (Cornelius). Gli Annali, tradotte da G. Dati Fiorentino. *Venetia,* 1598, 1 vol. gr. in-8, rel. en vél.

1928. Tacito. L'Imperio di Tiberio Cesare, scritto nelli Annali, espresso in lingua fiore ntina propria da B. Davanzati Bostichi. *In Fiorenza, Giunti,* 1600, in-4, veau fauve.

1929. Taciti (Cornelii) de Moribvs et popvlis Germanorvm liber. *Avgvstæ Vindelicorvm,* 1580. — Commentarii in Taciti Germaniam P. Melanchthonis, C. Peuceri, H. Glareani, B. Bircameri. *Augustæ Vind.,* 1579, 1 vol. in-12, d.-rel. d. et c. v. rouge.

Bel exemplaire.

1930. Tarchagnota (Giovanni). Del sito et lodi delle città di Napoli con vna breve historia de gli re svoi. *Napoli,* 1566, pet. in-8, parch. (*Piqûres.*)

1931. Tartinius (Jos. Mar.). Rerum Italicarum scriptores ab anno millesimo ad millesimum sexcentesinum. *Florentiæ,* 1748, 2 vol. in-fol. cart. (*Beau portrait sur cuivre.*)

On ajoute ordinairement cet ouvrage à celui de Muratori, dont il forme la suite.

1932. Tasso (Torquato). Il Forno, overo della nobilitate, dialogo. *Vicenza,* 1581, in-8, d.-rel. vél.

1933. Tesavro (Emanvel). Campeggiamenti, overo Istorie del Piemonte. *Venetia,* 1643, in-4, parch. fr. gr.

1934. Tesauro (Emanuel). Del regno d'Italia sotto i barbari epitome con le annotazioni di D. V. Castiglione. *Torino,* 1663, in-fol. v. rouge, fr. gr. (*Rel. fat.*)

Nombreux portraits en taille-douce.

1935. Thvcydidis historiarvm Peloponnensivm libri XIII. *S. l. n. d.* (du xve siècle), in-4, cart.

Bel exempl. (sauf quelques légères piqûres), grand de marges.

1936. *Idem.* Pet. in-fol. d.-rel. d. et c. vél. bl.

1937. Tomasini (J. Phil.). T. Livius Patavinus, ill. et ex Dominico Molino. *Patavii,* 1630, in-4, br.

1938. Tornillus (Aug.). Annales sacri ab orbe condito ad ipsum Christi passione reparatum. *Mediolani*, 1610, 2 vol. in-fol. vél. fr. gr.

Orné de figures en taille-douce.

1939. Tursellinus (Horatius). Historiæ sacræ et profanæ epitome. *Lutetiæ Parisiorum*, 1725, pet. in-8, v. gran.

1940. Vrstisivs (Christianus). Epitome historiæ Basiliensis præter totivs Ravricæ descriptionem, vrbis primordia, antiqvitates, res memorandas, clarorvm civivm monumenta, etc. Accessit his Æneas Sylvius, qvi postea Pius II pontifex fuit, Basilea nuspiam antehac edita. *Basileæ, s. d.*, pet. in-8, vél.

1941. Valdor (Jean). Les Triomphes de Lovis le Jvste, XIIIe du nom, contenans les plvs grandes actions ov sa Sa Majesté s'est trouvée en personne, representées en figures ænigmatiques, etc. *Paris*, 1649, 1 vol. in-fol. bas.

Orné d'un grand nombre de portraits, de plans et d'autres figures.

1942. Valentinus episcopus Hildesemensis. Apologia et responsum aduersus calumnias Erici et Henrici ducum Brunsvicens., etc. *Romæ*, 1540, v. comp. à froid. (*Rel. fat.; une piqûre de vers.*)

Pièce intéressante.

1943. Valerii Maximi dictorum factorumque memorabilium libri IX. *Amstelodami*, 1651, in-32, d.-rel. fr. gr.

1944. Valle (Pietro della). Delle conditioni di Abbas re di Persia. *In Venetia*, 1628, 1 vol. in-4, parch.

Très-intéressante relation de voyage. Exempl. à grandes marges.

1945. Verri (Pietro). Storia di Milano. *Milano*, 1783, in-4, pap. vergé, d.-rel. d. et c. vél. bl. non rog.

1946. Vervs (Joannes Bapt.). Rervm Venetarvm libri sex. *Patavii*, 1686, 1 fort vol. pet. in-12, rel. en vél. (*Les ff. de l'index sont piqués de vers.*)

1947. Veteris Latii antiqua vestigia, urbis mœnia, pontes, templa, piscinæ, balnea, villæ, aliaque rudera præcipue Tyburtina, Tusculana et Setina. *Romæ*, 1751, in-fol. obl. d.-rel.

Suite de près de 60 planches sur cuivre, d'une bonne exécution.

1948. Victorivs (Petrvs). Oratio habita ad Jvlivm III initio pontificatvs ipsivs, cvm dvcis svi nomine vna cvm alijs qvinqve nobilissimis viris orator ad evm missvs est. *Florentiæ*, 1550, in-4, d.-rel. v. rouge.

Exempl. beau de marges et de conservation.

1949. VICTORIUS (Petrus). Variarvm lectionvm libri XXV. *Florentiæ*, 1553, in-fol. d.-rel. d. et c. vél. bl.

Bel exemplaire.

1950. VITÆ CÆSARVM qvarvm scriptores hi : Svetonivs, Ælivs, Trebellivs, Herodianvs, Lætvs, Dion Cassivs, Jvlivs Capitolinvs, Vvlcativs Gal., Flavivs Vopiscvs, etc. *Basileæ*, 1546, 1 vol. in-fol. bas. (*Rel. fat.*)

1951. VINCENZO MARIA (il padre). Il Viaggio all'Indie orientali. *Venetia*, 1678, in-8, bas. (*Rel. fat.*)

1952. VIZANI (Pompeo). Diece libri delle historie della sva patria. *Bologna*, 1596, 2 vol. in-8, vél.

1953. VOYAGE pittoresque de Paris, ou Indication de tout ce qu'il y a de plus beau dans cette ville en peinture, sculpture et architecture, par M. D***. *Paris*, 1778, 1 vol. pet. in-8, v. marb. fr. gr.

Orné de 8 vues gravées par J. Robert.

1954. WERDENHAGEN (Joannes). Universalis Introductio in omnes Respublicas. *Amstelodami*, 1632, pet. in-8, vél. fr. gr.

Portrait de l'auteur.

1955. ZAMBONI (Baldassare). Memorie intorno alle publiche fabriche più insigni della città di Brescia. *Brescia*, 1778, in-fol. vél. marb.

De jolies vignettes gravées sur cuivre par Zucchi et 12 grandes planches ornent cet ouvrage estimé et recherché.

1956. ZVALLARDO (Giovanni). Il devotissimo viaggio di Giervsalemme fatto e descritto in sei libri. *Roma*, 1595, pet. in-8, v. f. fil. à froid. (*Le titre remonté.*)

Livre rare, orné de curieuses figures sur cuivre, d'une carte et d'un plan.

1957. ZVCCHI (Bartholomeo). Historia della corona ferrea. *Milano*, 1707, in-4, cart. (*Portrait.*)

1958. XENOPHONTIS omnia quæ extant opera, Joan. Lœwenklaio interprete. *Basileæ*, 1572, in-fol. parch.

ARCHÉOLOGIE.

MÉLANGES ET RECUEILS DE MONUMENTS EN TOUS GENRES. — OBÉLISQUES, PEINTURES ET MOSAIQUES. — INSTRUMENTS, MEUBLES, ETC., DES ANCIENS. — INSCRIPTIONS ET MARBRES. — NUMISMATIQUE, HISTOIRE LITTÉRAIRE. — PALÉOGRAPHIE ET DIPLOMATIQUE.

1959. ABRÉGÉ des antiquitez romaines. *A Avignon*, 1720-1729, 1 vol. pet. in-8, br. n. coupé. (*Taches de rousseur; quelques derniers ff. piqués des vers.*)

1960. ÆGYPTIUS (Mattheus). Senatus-consulti de Bacchanalibus sive æneæ Tabulæ musei cæsarei Vindobonensis explicatio. *Neapoli*, 1729, in-fol. vél.

Figures sur cuivre.

1961. AGOSTINI (Antonio). Dialoghi sopra le medaglie, inscrizioni, et altre antichità, tradotti da DION. Oct. Sada. *Roma*, 1736, in-fol. d.-rel. bas.

Un très-grand nombre de figures sur bois.

1962. ALBERTINO (Francesco). Opusculum de Mirabilibus novæ et veteris urbis Romæ editum. *Romæ*, 1515, pel. in-in-4, vél.

1963. ALLEGRANZA (Giuseppe). Spiegazione e Riflessioni sopra alcuni sacri monumenti antichi di Milano. *Milano*, 1757, in-8, cart. n. rog.

Figures sur cuivre.

1964. ANTIQUARUM statuarum urbis Romæ quæ in publicis privatisque locis visuntur icones. *Romæ*, 1584, in-4, vél. (*Ex. défraîchi.*)

71 planches sur cuivre.

1965. ANTOLINI (Giov.). Le Rovine di Velleia misurate et disegnate. *Milano*, 1819, in-fol. d.-rel. bas. 2 part. en 1 vol. 19 *planches gravées.*

1966. APIANUS (Petrus). Inscriptiones sacrosanctæ vetustatis, non illæ quidem romanæ, sed totius fere orbis. *Ingolstadii*, 1534, in-fol. vél. fr. gr.

Recueil d'inscriptions, orné d'un grand nombre de figures et de bordures, gravées sur bois par Orstendorfer.

1967. APOLLO NILIACVS (Horvs). Hieroglyphica, hoc est de sacris Ægyptiorum literis libelli duo de græco i (*sic*) latinum sermonem a Philippo Phasianino Bononiensi nunc primum translati. *Bononiæ*, 1517, gr. in-8, cart.

Opuscule très-curieux et peu commun.

1968. ARTAUD. Description d'une mosaïque représentant des jeux du cirque, découverte à Lyon. *Lyon*, 1806, gr. in-fol. cart. *Figures*.

1969. ASSEMANI (Simone). Museo cufico Naniano. *Padova*, 1787, 2 part. en 1 vol. in-4, cart.

Orné de planches de médailles.

1970. Atti dell'Academia romana di Archeologia alle quali si aggiungono le leggi accademiche. *Roma*, 1821, 10 vol. d.-rel. v. rou.

Recueil d'une grande valeur, orné de nombreuses planches.

1971. BANDURI (Anselm.). Numismata imperatorum romanorum. *Lutetiæ Parisiorum*, 1718, 2 vol. — Tanini supplementum. *Romæ*, 1791, 1 vol. Ens. 3 vol. in-fol. vél. (*Quelques taches de rousseur.*)

Ouvrage peu commun.

1972. BARTHOLINI (Gaspari) de Tibiis veterum et earum antiquo usu libri tres. *Amstelodami*, 1679, pet. in-12, vél. fr. gr.

Figures sur cuivre.

1973. BARTHOLONI (Th.) de Armillis veterum. *Amstelodami*, 1676, in-12, vél. front. gravé.

1974. BARTOLO (Petro Sante). Museum Odescalchum, sive Thesaurus antiquarum gemmarum cum imaginibus in iisdem insculptis. *Romæ*, 1751, 2 vol. in-fol. d.-rel. v. br.

Edition estimée à cause des notes de Nic. Galeotti. — Elle contient 101 planches sur cuivre.

1975. BARUFFALDI (Girolamo). De' Baccanali. *Bologna*, 1758, 3 vol. in-4, cart. n. rog.

Orné de figures sur cuivre gravées par G. Fabri.

1976. BALDUINUS de calceo et Nigronius de caliga veterum. *Amstelodami*, 1667, pet. in-12, vél. bl. *Front. gravé.*

Bel exemplaire.

1977. BAYER (Theoph. Sigf.). De numis romanis in agro prvssico repertis commentarivs. *Lipsiæ*, 1722, in-4, cart. n. rog. (*Taches de rousseur.*)

Cette dissertation très-estimée est ornée de 9 planches et offre un grand intérêt au point de vue archéologique.

1978. Begerus (Laurens). Regum et imperatorum romanorum numismata a Biæo incisa. *Coloniæ Brandenburgicæ*, 1700, in-fol. rel. en vél.

Ouvrage contenant 68 planches.

1979. Begerus. Thesaurus ex thesauro palatino selectus, sive gemmarum et numismatum quæ, etc. *Heidelbergæ*, 1685, 1 vol. in-fol. bas. fr. gr.

Un grand nombre de figures dans le texte.

1980. Begerus (Laurentius). Spicilegium antiquitatis sive variarum ex antiquitate elegantiorum, etc. *Coloniæ, Brand*, 1694, in-fol. vél.

Figures en taille-douce.

1981. Bellori (Petrus). Fragmenta vestigii veteris Romæ ex lapidibus farnesianis, nunc primum in lucem edita. *Romæ*, 1673, in-fol. vél.

Ouvrage estimé, enrichi de 20 planches et de quelques vignettes d'un joli travail.

1982. Bellorii (Joannis Petri) Romani adnotationes in XII priorum Cæsarum numismata, ab Vico olim edita. *Romæ*, 1730, in-fol. vél.

Ouvrage enrichi de 84 planches.

1983. Berger (Chr. Henr.). Commentatio de personis vulgo larvis seu mascheris von der Carnavalslust, critico-historico-morali atque juridico modo conscripta. *Francofurti et Lipsiæ, s. d.* (1723), in-4, vél.

Très-bel exemplaire, accompagné de 153 planches de figures sur cuivre.

1984. Bessonus (Jacobvs). Theatrum instrumentorum et machinarum cum Fr. Beroaldi declaratione explicativa. *Lugduni*, 1582, in-fol. cart.

Livre rare et recherché pour les figures, gravées à l'eau-forte.

1985. Bianchini (Francesco). Camera et inscrizioni sepulcrali de' liberti, servi et officiali della casa di Augusto scoperte nella via Appia. *Roma*, 1727, in-fol. cart. n. rog.

Avec 7 planches sur cuivre, gravées par Gir. Rossi.

1986. *Idem. Roma*, 1727, in-fol. vél.

1987. Bianconi. Descrizione dei circhi, particolarmente di quello di Caracalla e dei giuochi in essi celebrati, opera postuma del consigliere G. L. Bianconi, publicata con note di C. Fea. *In Roma*, 1789, in-fol. d.-rel. cuir de Russie. 20 *planches gravées*.

1988. Boot (Ans. Bœtius). Gemmarum et lapidum historia. *Lugduni Bat.*, 1647, 2 part. en 1 vol. in-8, vél.

Bel exempl., sauf une piqûre; orné de figures.

1989. BORGHI (Camillo). L'Oplomachia pisana, ovvero la battaglia del ponte di Pisa, *Luca,* 1713, in-4, vél. fr. gr.

Orné de figures sur bois, casques et armures.

— Le même, cart.

1990. BORGIA (Stephano). De Cruce Vaticana ex dono Justini Augusti, in parasceve... exhiberi solita. *Romæ*, 1779, in-fol. grand pap. vergé, rel. maroq. roug. fil. tr. dor.

1991. BVLGARINI (Bellisario). ... Considerazioni sopra'l discorso di M. Giacopo Mazzoni. *Siena,* 1583, pet. in-4, vél. (*Mouillé.*)

1992. CALCOGRAPHIA della colonna Antonina divisa in CL favole... il tutto fedelmente estratto dall'Olografia del P. Domenico Magnan de' Minimi. *Roma,* 1779, in-fol. d.-rel. vél. bl. 173 *planches gravées sur cuivre.*

1993. CANINA (Luigi). Descrizione di Cere antica ed in particolare del Monumento sepolcrale scoperto nell'anno 1836, etc. *Roma,* 1838, in-fol. v. rou.

1994. CANTELIUS (Petrus Josephus). De Romana Republica, sive de re militari et civili Romanorum, ad explicandos scriptores antiquos. *Ultrajecti*, 1707, in-12, vél. fr. gr.

Enrichi de figures.

1995. CAPELLUS (Jacobus). De ponderibus, nummis et mensuris libri V. *Francofurti,* 1606, in-4, cart. n. rog.

1996. CARLI (Rinaldi conte). Delle Antichità italiche. *Milano,* 1788, 5 vol. in-4, d.-rel. v. br. (*Rel. fat.*)

Figures sur cuivre.

1997. CARO (Annibal). Apologia de gli academici di Banchi di Roma contra M. L. Castelvetro di Modena in forma d'uno spaccio di maestro Pasquino. *In Parma*, 1518, 1 vol. in-4, mar. ord. bleu. dent. intér.

Très-bel exempl. d'une jolie édition, aujourd'hui peu commune.

1998. CARTARI (Vicenzo). Imagini delli Dei de gl' Antichi. *In Venetia*, 1664, 1 vol. in-8, cart. n. rog.

Nombreuses figures.

1999. CASALIVS (Johannes Baptista). De profanis et sacris veteribus Ritibus. *Francofurti et Hannoveræ*, 1681, 3 part. en 1 vol. in-4, vél. (*Taches de rousseur.*)

Orné de plusieurs figures.

2000. CASTELLO DI TORREMUZZA (Gabr.). Siciliæ et insularum adjacentium veterum inscriptionum collectio. *Panormi*, 1784, gr. in-fol. d.-rel. d. et c. vél. bl. n. rog. figures sur bois.

2001. CAUSEI DE LA CHAUSSE (Mich. Ang.) Romanum museum sive Thesaurus eruditæ antiquitatis. *Romæ*, 1786, 2 vol. in-fol. vél.

Un très-grand nombre de figures gravées sur cuivre.

2002. CAVALLERII (Jo. Bapt.) Antiqvarvm statvarvm vrbis Romæ liber I.

Recueil de 100 planches sur cuivre.

2003. CELSO CITTADINI. Delle Antichità delle armi gentilizie. *In Lucca*, 1741, 1 vol. pet. in-4, cart.

2004. CHISHULL (Edm.). Antiquitates asiaticæ christianam æram antecedentes, ex primariis monumentis græcis descriptæ, latine versæ, notisque et commentariis illustratæ; accedit monumentum latinum ancyranum. *Londini*, 1728, in-fol. v. jas.

Figures de numismatique gravées dans le texte.

2005. CHOUL (Guillermo de). Los discvrsos de la Religion, castramentacion, assiento del campo, baños de los antiguos Romanos y Griegos, traduzido de lengua francesa por A. Perez del Castillo. *En Leon de Francia*, 1579, 1 vol. in-4, v. (*Rel. abîmée.*)

Ouvrage enrichi d'un grand nombre de figures.

2006. CIACCONIVS (Petrvs). De triclinio, siue de modo convivando apvd priscos Romanos, etc. *In officina Sanctandreana*, 1590, 1 vol. pet. in-8, mar. rou. (*Taches de rousseur.*)

2007. CIACCONII (Petri) Opuscula. In columnæ rostratæ inscriptionem. De ponderibus. De mensuris. — De nummis. *Romæ*, 1608, pet. in-8, d.-rel.

2008. CODEX principis olim Laureschamensis abbatiæ diplomaticus ex ævo maxime carolingico. *Mannhemii*, 1768, 2 vol. in-4, vél. marb.

2009. COLLECTANEA ANTIQUITATUM ROMANARUM quas centum tabulis æneis incisas et a Rod. Venuti notis illustratas exhibet Ant. Borioni. *Roma*, 1736, in-fol. vél.

Titre et 103 planches gravées sur cuivre par Hier. Rossi.

2010. CONTINI (Francesco). Pianta della villa Tiburtina di Adriano Cesare, già da Piero Ligorio disegnata e descritta, dapoi riveduta e data alla luce. *Roma*, 1751, in-fol. d.-rel. (*Avec un plan.*)

2011. CRISTIANI (Gir. Francesco). Delle misure d'ogni genere antiche e moderne. *Brescia*, 1760, in-fol. pap. vergé, vél. tr. dor.

Magnifique exempl., grand de marges, accompagné de 2 planches de figures.

2012. Daniele (Francesco). Monete antiche di Capra con alcvne brievi osservazioni. *Neapoli*, 1802, in-4, cart. n. rog.

Orné de figures au bistre.

2013. Domenici (Francesco da). Repertorio numismatico per conoscere qualunque moneta greca tanto urbica che dei re e la loro respettiva stima, ridotto a specchio topografico. *Napoli*, 1826, gr. in 4, br. n. rog.

2013 *bis*. Doni (Jo. Bapt.). Inscriptiones antiquæ, notis illvstratæ ab Ant. Gorio. *Florentiæ*, 1731, in-8, br. n. r.

Un grand nombre de figures en taille-douce.

2014. Epiphanii ad physiologum. *Romæ*, 1601. — Hori Apollinis Selecta hieroglyphica. *Romæ*, 1599, in-32, vél.

Ce livre rare est orné de curieuses figures sur bois.

2015. Erizzo (Sebastiano). Discorso sopra le medaglie de gli antichi. *Vinegia, s. d.*, in-4, vél. fr. gr.

Edition des plus complètes, ornée de nombreuses figures sur bois.

2016. Faustus Socinus. Fragmenta duorum scriptorum. *Racoviæ*, 1619, 1 vol. pet. in-4, parch.

Bel exemplaire.

2017. Fausto da Longiano. Duello regolato a le leggi de l'honore con tutti li cartelli missivi e risponsivi in querela volontaria, necessaria e mista, e dicorsi sopra del tempo de' cavallieri erranti, de' bravi et de l'età nostra. *Vinezia*, 1551, pet. in-8, vél. ff. (*Bon exempl.*)

2018. Fastorum anni romani a Verrio Flacco ordinatorum reliquiæ ex marmorearum tabularum fragmentis Præneste nuper effossis collectæ et illustratæ, etc. *Romæ*, 1779, in-fol. d.-rel. (*Planches gravées.*)

2019. Fea (Carlo). Relazione di un viaggio ad Ostia ed alla villa di Plinio. *Roma*, 1802. — Parere summo aumento delle Pigioni delle case in Roma. *Roma*, 1826. — Il diritto d'inquilinato con addizione. *Roma*, 1826. — Storia delle saline d'Ostia. *Roma*, 1831. — J. Reclami, del Foro Trajano. *Roma*, 1832. — La Basilica ostiense liberata dalle innondazioni. *Roma*, 1833. — Osservazioni sul ristabilimento della via Appia da Roma a Brindisi. *Roma*. 1882. — Memorie legali risguardanti antichità et pubblici stabilimenti. *Roma*, 1833. — Il Tevere navigabile oggidi come ne' suoi più antichi secoli e la città d'Ostia ivi edificata. *Roma*, 1835. Ens. 1 vol. in-8, d.-r. dos et c. vél. (*Avec un plan.*)

2020. Fea (Carlo). Ristabilimento : 1° della città d'Anzio e suo porto Neroniano ; 2° della città d'Ostia coll' intero suo Tevere ; 3° modo facile di seccare le paludi Pontine. *Roma*,

1835, gr. in-8, d.-rel. d. et c. en vél. bl. (*Accompagné de 5 plans.*)

2021. FENESTELLA de Romanorum magistratibus incipit... *Impressum Romæ*, 1490, in-4, anc. rel. gaufrée. (*Note manuscrite.*)

2022. *Idem.* ET POMPONII LÆTI itidem de magistratibus et sacerdotiis et præterea de diversis legibus rom. — VALERII PROBI gram. de literis antiquis opusculum. *S. l. n. d.*, pet. in-8, vél.

2023. *Idem.* P. LÆTI de magistratibus et sacerdotiis. — PROBI VALERII de literis antiquis *Lvtetiæ*, 1529, pet. in-8, d.-rel. fr. gr.

2024. *Idem.* POMPONII LÆTI de magistratibus, etc. — VALERII PROBI gram. de literis antiqvis opvscvlvm. *Venetiis*, 1555, 1 vol. pet. in-8, cart. (*Notes manuscrites aux marges.*)

2025. *Idem* Tradotto di latino. *Vinetia*, 1544, pet. in-8, rel. en vél.

Jolie édition. — Exempl. en très-bon état.

2026. FERRARII (Octavii). Analecta de Re vestiaria, accessit de veterum Lucernis sepulchralibus. *Patavii*, 1670, in-4, vél. (*Figures.*)

2027. FICORONI (Fr.). Itali ed altri strumenti lusori degli antichi Romani. *Roma*, 1734, in-4, vél. fig.

2028. FICORONII (Fr.) Dissertatio de larvis scenicis et figuris comicis antiquorum Romanorum ex italica in latinam linguam versa. *Romæ*, 1750, in-4, gr. pap. vél. de Holl. br. n. rog.

Accompagné de 85 planches de figures sur cuivre.

2029. FICORONII (Fr.) Gemmæ antiquæ literatæ aliæque rariores. *Romæ*, 1757, gr. in-4, d.-rel. v. marb.

Nombreuses figures sur cuivre.

2030. FRONTINVS (Sex. Jvlivs). De Aquæductibus urbis Romæ commentarius, antiquæ fidei restitvtvs, atqve explicatvs opera et stvdio Joannis Poleni. *Patavii*, 1722, in-4, vél.

Très-bel exempl., orné de nombreuses figures.

2031. FULVIUS (Andrea). Imperatorum et illustrium virorum ac mulierum vultus ex antiquis numismatibus expressi. *Romæ*, 1517, pet. in-8, d.-rel. vél.

Suite de médailles, accompagnées de notices biographiques et de bordures gravées sur bois.

2032. GALETTI (Pet. Aloy.). Inscriptiones romanæ infimi ævi Romæ exstantes. *Romæ*, 1760, 3 vol. in-4, d.-rel. v. br. front. gr.

Ouvrage estimé.

2033. Galletti (Petr. Aloy.). Inscriptiones Piceni sive Marchiæ anconitanæ infimi ævi Romæ existentes. *Romæ*, 1761, in-4, vél.

2034. Galletti (Petr. Aloy.). Inscriptiones Bononienses infimi ævi Romæ extantes. *Romæ*, 1759, in-4, vél.

2035. Gohory (Jacques). De usu et mysteriis notarum liber, in quo vetusta literarum et numerorum ac diuinorum ex sibylla nominum ratio explicatur. *Parisiis*, 1550, pet. in-8, vélin.

2036. Goltz (Hvbertvs). C. Jvlivs Cæsar, sive Historiæ imperatorvm romanorvm ex antiqvis nvmismatibvs restitvtæ. Accessit C. J. Cæsaris Vita et res gestæ. *Brvgis Flandrorvm*, 1563, in-fol. vél. fr. gr.

Edition originale, préférée aux autres, car elle contient les premières et les meilleures épreuves des planches, dont le nombre est de 57.

2037. Goltz (Hvbertvs). Cæsar Avgvstvs, sive historiæ imperatorvm Cæsarvmque romanorum ex antiqvis nvmismatibvs restitvtæ. Accessit Cæsaris Avgvsti Vita et res gestæ. *Brugis Fland.*, 1574, in-fol.

Edition originale, ornée de 83 planches.

2038. Goltz (Hvbertvs). Fasti magistratuum et trivmphorvm romanorvm ab vrbe condita ad Avgvsti obitvm ex antiqvis tam nvmismatvm qvam marmorvm monvmentis restitvti. *Brvgis Fland.*, 1566, in-fol. vél. fr. gr.

Edition originale et très-recherchée, ornée de 468 planches.

2039. Gori (Franciscvs). Thesavrvs gemmarvm antiqvarvm, astriferarvm qvæ e complvribvs dactyliothecis selectæ, adjectis Atlante Farnesiano, prologomenis, etc. *Florentiæ*, 1750, 3 vol. in-fol. pap. de Holl. vél.

Très-bel exempl., grand de marges, orné de près de 250 figures.

2040. Gorlæi (Abr.) Dactyliothecæ, cum succincta singularum explicatione Jac. Gronovii. *Lugd. Batav.*, 1695, 2 vol. in-4, v. gr. (*Nombreuses figures de pierres gravées.*)

2041. Grapaldi (Marius). De partibus ædium. *Parma*, 1516, 1 vol. gr. in-8, bois, fermoirs.

Bel exempl., à toutes marges.

— *Idem*. 1517, gr. in-8, v. rel. fat.

2042. Grifi (Luigi). Monumenti di Cere antica, spiegati colle osservanze del culto di Mitra. *Roma*, 1841, in-fol. pap. vél. d.-rel. v. br.

Enrichi de 12 belles planches gravées au trait.

2043. Gruchius (Nicolavs). De comitiis Romanorvm libri tres *Venetiis*, 1558, pet. in-18, parch.

2044. Guichardo (Martino de). Noctes Granzovianæ, seu discursus panegyricus de antiquis triumphis. *Amstelodami*, 1661, 1 vol. pet. in-12, cart. n. rog.

2045. Gyraldi (Lilii Gregorii) de Annis et mensibus, cæterisque temporum partibus, dissertatio. *Basileæ*, 1541, pet. in-8, vél.

2046. Hager (Joseph). Monument de Yu, ou la plus ancienne inscription de la Chine. *Paris*, *Didot*, 1802, in-fol. cart.

Enrichie de plusieurs planches.

2047. Havercampus (Sigebertus). Dissertationes de Alexandri Magni numismate, etc. *Lugduni Bat.*, 1722, in-4, cart. n. rog. fr. gr.

Enrichi de 22 planches gravées sur cuivre.

2048. Haym (Nic. Franc.). Thesavri britannici, sev Mvsevm nvmarivm qvo continentvr nvmi græci et latini, interprete Al. Cristiani. *Vindobonæ*, 1763-1765, 2 vol. in-4, vél. fr. gr.

Nombreuses planches de figures sur cuivre.

2049. Horapollinis Hieroglyphica græca et latina cum notis Joa. Merceri et D. Hœschelii et selectis Nic. Caussini, curante J. C. de Pauw. 1727, in-4, vél.

2050. Hotomani (Fr.) de Re nvmaria popvli romani liber, ejusdem dispvtatio de avreo justinianico. *Apud Leimarium*, 1585, pet. in-8, peau de truie. (*Mouillé*.)

2051. Hvlsivs (Levinvs). Imperatorvm romanorvm nvmismatum series a Jvlio Cæsare ad Rvdolphvm II. *Francofurti*, 1605, pet. in-12, vél.

Nombreuses figures dans le texte.

2052. Jamblichus, De mysteriis Ægyptiorum, Chaldæorum, Assyriorum. Proclus, in platonicum Alcibiadem de anima, De sacrificio et magia. Porphyrius, De divinis et dæmonibus. Synesius, De somniis. Alcinoi, De doctrina Platonis. Pythagoræ aurea Verba, Symbola. Xenocratis liber de morte. Ficini, De voluptate. *Venetiis, in ædibus Aldi*, 1497, in-fol. bois.

2053. Imperatorum romanorum numismata a Pompeio Magno ad Heraclium ab Adolfo Ottone olim digesta, etc., curante Ph. Argelato. *Mediolani*, 1730, gr. in-fol. br. n. rog. portr. (*Figures.*)

2054. Inghirami (Cvrtivs). Etrvscarvm antiqvitatvm fragmenta, qvibvs vrbis Romæ aliarvmque gentivm primordia mores et res gestæ indicantur. *Francofvrti*, 1637, in-4, vél.

Figures sur cuivre et sur bois.

2055. Jacobæus (Oligerus). Museum regium, seu Catalogus rerum tam naturalium quam artificialium, quæ in basilica bibliothecæ Christiani V Hafniæ asservantur. *Hafniæ*, 1696, in-fol. cart. n. rog. fr. gr.

Accompagné de 37 planches de figures en taille-douce.

2056. Judica (Gabriele). Le antichità di Acre. *Messina*, 1819, in-fol. d.-rel.

Ouvrage estimé, orné d'un portrait de l'auteur et de 34 grandes planches.

2057. Kircherus (Athanasius). Romani collegii musæum celeberrimum, cujus magnam antiquariæ rei, statuarum, imaginum, picturarumque partem, etc. *Amstelodami*, 1678, in-fol. vél. (*Portrait, figures.*)

2058. Kirchmanni (Johannis) de Funeribus Romanorum, libri IV. *Francofurti*, 1672, pet. in-8, vél. (*Taches de rousseur.*)

2059. Lami (Giovanni). Lezioni di antiquità toscane e spezialmente della città di Firenze. *Firenze*, 1766, 2 vol. in-4, vél.

Nombreuses figures gravées sur cuivre par Ferdinand Grégoire.

2070. Lancilotto Castella, principe di Torremuzza. Le antiche inscrizioni di Palermo. *Palermo*, 1762, in-fol. br. n. rog.

2071. Licetus (Fortvnivs). Hieroglyphica, sive antiqua schemata gemmarvm anvlarivm qvæsita moralia, politica, historica, etc. *Patavii*, 1653, in-fol. v. marb. (*Rel. fat.*)

Jolies figures sur cuivre.

2072. Licetus (Fortunius). De Lucernis antiquorum reconditis, libri sex. *Utini*, 1652, in-fol. cart. n. rog.

Un grand nombre de figures sur cuivre. — Celles des pages 910 et 1142 sont intactes.

2073. Licurgo re di Tracia, assalitore del Tiaso di Bacco, bassorilievo d'un antico vaso di marmo appartenente a S.S. il principe Corsini. *Firenze*, 1826, in-fol. cart. n. rog.

2074. Mahudel. Dissertation historique sur les monnoyes antiques d'Espagne. *Paris*, 1725, in-4, vél.

16 planches de médailles sur cuivre.

2075. Manni (Domenico Maria). Osservazioni istoriche sopra i sigilli antichi de' secoli bassi. *Firenze*, 1739-1775, 26 tom. en 12 vol. pet. in-4, vél. blanc. (*Figures dans le texte.*)

2076. Manutius (Paulus). Antiquitatum romanarum liber de Legibus. *Venetiis*, *Aldus*, 1557. — Cicero (Tullius). De finibus bonorum et malorum. *Venetiis*, 1527, pet. in-fol. vél.

2077. *Idem. Venetiis, Aldus*, 1590, pet. in-8, vél.

2078. Marangoni (Giovanni). Delle cose gentilesche e profane trasportate ad uso e adornamento delle chiese. *Roma*, 1744, in-4, d.-rel. v. rou. fig.

2079. Marini (Gaetano). Gli Atti e monvmenti de' fratelli Arvali scalpiti già in tavole di marmo ed ora raccolti, diciferati e comentati. *Roma*, 1795, 2 vol. in-4, pap. vergé, d.-rel. v. vert.

Ce chef-d'œuvre d'érudition est enrichi d'un grand nombre de planches et de figures intercalées dans le texte.

2080. Marlianvs (Jo. Bartholomevs). Antiquæ Romæ topographia libri septem. *Romæ*, 1534, pet. in-8, vél.

Edition originale de cet excellent ouvrage. On trouve à la fin du volume : *Fenestellæ de magistratibus sacerdotiisque Romanorum libellus. Venetiis*, 1535.

2081. Marsigli (le comte Ferdinand). Inscriptiones, monumenta, ornamenta, lateres hieroglyphicis inscripti, metæ, scap columnarum, urnæ, etc., ad ripas Danubii in Hungaria inventa. *Bononiæ, s. d.*, gr. in-fol. cart.

Suite de 31 planches, d'un grand intérêt au point de vue archéolo gique. Ouvrage non mentionné par Brunet.

2082. Martène (Edmond). Veterum scriptorum et monumentorum amplissima collectio. *Parisiis, apud Montalant*, 1724, 9 vol. in-fol. rel. en vél.

Cet ouvrage de dom Edmond Martène et de dom Ursin Durand est fort recherché. Bel exemplaire.

2083. Martène (Edmond) et Ursin Durand. Thesaurus novus anecdotorum, completens regum ac principum aliorum virorum illustrium epistolas et diplomata. *Lutetiæ Parisiorum*, 1717, 5 vol, in-fol. d.-rel. bas.

2084. Mazochii (Alexii Sym.) in mvtilvm Campani amphitheatri titvlvm, aliasqve nonnvllas Campanas inscriptiones. *Neapoli*, 1727, in-4, vél.

2085. Meibomii (Marci) de Fabrica triremis liber. *Amsterdami*, 1671, in-4, vél.

Très-bel exempl. grand de marges, avec une planche de figures sur cuivre.

2086. Molinet (Claude du). Le Cabinet de la bibliothèque de Sainte-Geneviève. *Paris*, 1692, un vol. gr. in-fol. v. (*Rel. fat.*)

Ouvrage enrichi d'un portrait de l'auteur « gravé par Trouvan, » et de 45 planches de curiosités, de médailles, etc., gravées par Erlinger.

2087. Montifalchi (Pet. Jac.). De cognominibus Deorum opusculum. *S. l. n. d.* (circa 1510). — Lilii Gregorii Giraldi Syntagma de musis. *Argentorati*, 1512. — En 1 vol. in-4, vél. bl.

2088. MORELLIUS (Andr.). Thesaurus Morellianus, sive familiarum roman. numismata omnia. Accedunt numi miscellanei, nunc primum edidit Sigeb. Havercampus. *Amstelodami*, 1734, 2 vol. in-fol. d.-rel. d. et c. vél. bl. fr. gr.

Un très-grand nombre de planches de médailles.

2089. MORELLI (Cosimo). Pianta e spaccato del nuovo teatro d'Imola, architettura. *In Roma*, 1780, in-fol. cart. n. rog. (*Figures.*)

2090. MUTIO (Girolamo). Il Dvello, con le riposte cavalleresche. *In Vinegia*, 1551, 1 vol. pet. in-8, d.-rel. d. et c. vél. (*Mouillé.*)

Édition originale. — Rare.

2091. *Idem*, *Vinegia*, *G. Giolito*, 1564, pet. in-8, d.-rel. v. br.

2092. MURATORI (Lodov. Ant.). Antiquitates italicæ medii ævi, post declinationem romani imperii ad annum 1500. *Mediolani*, 1738, 6 vol. in-fol. cart. n. rog.

2093. MURATORI (Lodov. Ant). Novus Thesaurus veterum inscriptionum. *Mediolani*, 1739, 4 vol. in-fol. v. marb.

2094. NARDINI (Famiano). Roma antica, con note ed osservazioni storico-critiche. *Roma*, 1771, in-4, d.-rel. (*Dos en vél. piq. de vers.*)

Un des meilleurs ouvrages sur les antiquités de Rome. Bel exempl., non rogné, et enrichi d'un portrait et de nombreuses figures gravées sur cuivre.

2095. NIBBY (Antonio). Descrizione della villa Adriana. *Roma*, 1827, in-8, br. non coupé. (*Fig.*)

2096. NIPHVS (Avgvstinvs). De Avgvriis libri dvo. *Bononiæ*, 1531, in-4, d. r. v. f. n. rog.

2097. NUMISMATA (in) ærea selectiora maximi moduli, e museo pisano olim Corrario animadversiones (ab Alberto Mazzoleno). *In monasterio Benedetto-Casinate*, 1740-41, 4 tom. dont 1 de planches, en 3 vol. gr. in-fol. d. rel, vél. blanc. (*Très-bel exempl.*)

2098. NUMISMATA ærea maximi moduli, primique XII Augusti ex auro, dudum Romæ in cœnobio Cartusiæ, nunc Viennæ Austriæ in gaza cæsarea. *S. d.*, in-fol. v. éc. dent. pet. fers, comp. fr. gr.

Suite de 89 planches, gravées par G. Piccino. — Très-rare.

2099. NUMISMATA modvli maximi vvlgo medaglioni ex Cimeliarchio Lvdovici XIV, etc. *Elevtheropoli*, 1704, in-fol.

Suite de 41 planches de médailles.

2100. NUMISMATA cimelii cæsarei regii austriaci vindobonensis, quorum rariora iconismis cætera catalogis exhibita. *Vindobonæ*, 1754-55, 2 vol. gr. in-fol. br. n. rog.

Ouvrage contenant 25 figures et 112 planches.

2101. OCCO (Adolphus). Imperatorvm Romanorvm Nvmismata a Pompeio Magno ad Heraclivm *Antverpiæ, ex off. Plantiniana*, 1579, 1 vol. in-4, peau de truie estampée.

Édition originale et fort rare. — Bel exempl., grand de marges.

2102. *Idem*. Nvnc illvstrata cvra Fr. Mediobarbi Biragi. *Mediolani*, 1683, in-fol. vél.

Figures dans le texte.

2103. ONVPHRII Panvinii veronensis fratris de præcipvis vrbis Romæ sanctioribusque; basilicis. *Romæ, apud hæredes Antonii Bladii*, 1570, in-8, cart.

Curieux travail contenant un grand nombre d'inscriptions.

2104. OPTIMO SENATORE (de). Lavrentii Grimalii Goslici, libri dvo. *Venetiis*, 1568. — Delle Mvtationi di Regni, opera d'Ottavio Sammarco. *Venetia*, 1629, 1 vol. in-4, rel. en vél.

2105. ORSATO (Sertorio). Li Marmi ervditi, overo lettere sopra alcvne antiche inscrizioni. *Padoua*, 1659, in-4, vél. (*Fig.*)

2106. ORSATO (Sertorio). I Marmi eruditi, ovvero lettere sopra alcune antiche inscrizioni, opera postuma colle annotazioni di Gio. Ant. Orsato. *Padova*, 1719, in-4, vél.

Bel exempl., grand de marges, sur papier de Hollande, de cet ouvrage très-estimé.

2107. OSSERVAZIONI sopra un frammento antico di bronzo di greco lavoro rappresentante Venere. *Milano, imp. regia stamperia*, 1819, in-fol. cart. (2 *planches gravées*.)

2108. ORSINI (Ignazio). Storie delle monete della republica Florentina. *Firenze*, 1760, gr. in-4, v. f.

Nombreuses figures intercalées dans le texte.

2109. PACIAVDI (Pavlvs M.). Ad nvmmos consvlares III viri Marci Antonii animadversiones philologicæ. Accedit explicatio Tabvlæ peloponnensis. *Romæ*, 1757, in-4, rel. en vél.

Enrichi de figures dans le texte.

2110. PÆLI (Lvcæ). De Mensvris et ponderibvs romanis et græcis libri qvinqve. *Venetiis, Aldvs*, 1573, in-4, pap. vergé, cart. ébarbé.

Très-bel exempl., avec figures sur bois.

2111. PALLADIO (Andrea). Les Thermes des Romains, publiés de nouveau avec quelques observations par Octave Bertotti

Scamozzi, d'après l'exemplaire du lord Burlington. *Vicence*, 1785, gr. in-fol. d.-rel. toile.

Suite de 25 grandes planches.

— Les mêmes.

2112. PANVINIVS (Onvfrivs). De Lvdis Circensibvs libri II. De Trivmphis liber I. *Patavii*, 1642, in-fol. vél. fr. gr.

Un grand nombre de figures sur cuivre.

2113. PASSERIUS (Jo.-Bapt.). Novus Thesaurus gemmarum veterum ex insignioribus dactyliothecis selectarum cum explicationibus. *Romæ*, 1780, 3 vol. in-fol. vél. fr. gr.

300 planches en taille-douce.

2114. PASCHALIUS (Car.). De Coronis. *Lugd. Batav.*, 1671, in-8, vél. de Holl. (*Front. gravé.*)

2115. PATINI (Caroli) Thesaurus numismatum e suo museo. *Parisiis*, 1672, in-4, vél.

Beau portrait de l'auteur. Grand nombre de figures dans le texte.

2116. PATINI (Caroli) Introductio ad Historiam numismatum. *Amstelodami*, 1683, pet. in-12, vél. fr. gr.

2117. PERIANDER. Papaver, ex omni antiqvitate ervtvm, gemmis, nvmmis, statvis et marmoribvs æri incisis illvstratvm. *Noribergæ*, 1713, in-4, cart.

Livre fort rare; nombreuses figures sur cuivre.

2118. PETRONIUS (Alex. T.). De Victv Romanorvm et de sanitate tvenda libri qvinqve. *Romæ*, 1581, in-fol. vél.

Très-bel exempl. de ce traité curieux.

2119. PEZZI (Bernardi) Thesaurus anecdotorum novissimus. *Augustæ Vindelicorum*, 1721, 14 part. en 5 tom. et 11 vol. in-fol. vél. fr. gr.

Ouvrage très-rare et orné de figures sur bois.

2120. PIGNORIVS (Lavrentivs). Vetvstissimæ Tabvlæ æneæ sacris Ægyptiorvm simvlacris cælatæ accvrata explicatio. *Venetiis*, 1605, in-4, vél. fr. gr.

Ouvrage très-curieux, orné de figures sur bois.

2121. PITISCVS (Samvel). Lexicon Antiqvitatvm romanarvm. *Leovadiæ*, 1713, 2 vol. in-fol. bas. fr. gr.

Édition très-estimée, ornée de figures sur cuivre.

2122. POLCASTRO (Giandomenico). Notizia della scoperta fatta in Padova d'un ponte antico con una romana inscrizione. *Padova*, 1773, in-4, cart. non rog.

Avec 3 planches de figures sur cuivre.

2123. Poinsinet de Sivry. Nouvelles Recherches sur la science des médailles, inscriptions et hiéroglyphes antiques. *Maestricht,* in-4, br. non rog.

Avec 6 planches de figures sur cuivre.

2124. Porcacchi (Thomaso). Delle Cagioni delle gverre antiche. *Vinegia, G. Giolito,* 1566, in-4, vél.

2125. Postellvs (Gvlielmvs). De Magistratibvs Atheniensivm liber. *Venetiis,* 1541, pet. in-8, parch.

Très-bel exempl. de ce livre, aujourd'hui peu commun.

2126. *Idem.* Trad. dal latino da G. Tatti. *Venetia,* 1543, pet. in-8, cart.

2127. Pylade (Jo. Fr.). Deorum Genealogiæ, versibus conclusæ. *S. l. n. d.,* in-4, cart.

2128. Reclusio (Francesco-Antonio). Tractatus de Concursibus, collationibus et vacationibus parochiarum, aliorumque beneficiorum. *Romæ,* 1724, gr. in-4, mar. rouge, larges dent. aux armes du cardinal Pierre Pamphilio, tr., dor. (*Le dos piq. de vers.*)

2129. Recueil de médailles de rois qui n'ont point encore été publiées ou qui sont peu connues. *Paris,* 1762, in-4, veau marb.

Bel exempl., grand de marges, de cet intéressant ouvrage, orné d'un grand nombre de planches gravées sur cuivre.

2130. Recueil de 60 planches de jolies figures sur cuivre représentant les meubles, instruments, ustensiles, ornements, vases et vêtements de l'ancienne Rome et de la Grèce.

2131. Reuschii Dactyliotheca Ebermaierana. *Francofurti,* 1721, in-fol. vél. bl. 17 planches. — Baierus (Jac.). Gemmarum affabre sculptarvm thesaurus quem collegit Ebermayer. 1720, in-fol. vél. bl. — Ens. 2 vol. in-fol. figures sur cuivre. (*Bel exempl.*)

2132. Rhodiginvs (Lvdovicvs Cælivs). Antiqvarvm lectionvm libri XVI. In-fol. v. br. (*Rel. défraîchie.*)

Édition originale, imprimée à Venise en 1516 par Alde et And. Socer. — Bel exempl., sauf une légère tache aux dernières feuilles.

2133. *Idem. Venetiis, in ædibus Aldi,* 1516, in-fol. vél.

Magnifique exemplaire.

2134. Rhodiginus (Lud. Cælius). Antiquarum Lectionum libri XVI. *Parrhisiis,* 1517, in-fol. vél. gr.

2135. Rosa (Michaele). Delle Porpore e delle materie vestiarie presso gli antichi. *Modena,* 1786, in-4 gr. pap. d.-rel. veau violet. (*Une planche de figures.*)

2136. ROSINVS (Joannes). Antiqvitatvm romanarvm Corpvs absolvtissimvm cvm notis Dempsteri. *Genevæ*, 1558, in-4, v. jas. fig.

2137. ROMANÆ MAGNITVDINIS MONVMENTA quæ vrbem illam orbis dominam velvt redivivam exhibent posteritati. *Romæ*, 1699, in-fol. d.-rel. (*Dos abîmé.*)

Suite de 138 grandes planches gravées sur cuivre.

2138. RVBENI (Alberti) Petri Pavli filii de Re vestiaria vetervm, præcipve de lato clavo libri dvo. Ejusdem de Gemma Tiberiana. *Antverpiæ*, 1665, in-4, vél. fig.

2139. SALLENGRE (Henri de). Novus Thesaurus antiquitatum romanarum. *Venetiis*, 1735, 3 vol. in-fol. gr. pap. de Holl. gr. non rog. (*Figures.*)

Ouvrage remarquable, faisant suite aux *Antiquités romaines* de Grævius et Gronovius.

2140. SANDE (Joannes) Epitome Historiarum Belgicarum. *Ultrajecti*, 1652, pet. in-12, v. noir, fr. gr. (*Rel. fat.*)

Orné de nombreux portraits et de figures sur cuivre.

2141. SCHEUCHZERUS (Johannes Jac.). Itinera Alpina tria, in quibus incolæ, animalia, plantæ, etc., illustrantur iconibus. *Londini*, 1708, 2 tom. en 1 vol. in-4, v. jas.

Ouvrage orné d'un grand nombre de planches de figures gravées sur cuivre.

2142. SCILLA (Saverio). Breve notizia delle monete pontificie antiche e moderne sino alle ultime dell' anno XV. *Roma*, 1715, in-4, br. non rog.

2143. SEGUINUS (Petrus). Selecta numismata antiqua. *Lutetiæ Parisiorum*, 1684, in-4, v. gran.

Nombreuses figures dans le texte.

2144. SESTINI (Dom.). Lettere e dissertazioni numismatiche sopra alcune medaglie rare della collezione Ainslicona. *Livorno*, 1789, 2 vol. in-4, mar rouge, fil. (*Figures.*)

2145. SIBYLLINA ORACVLA aucta et notis illustrata a Joh. Opsopœo Bretteno cum interpretatione latina Seb. Castalionis. *Parisiis*, 1607. — Oracvla magica Zoroastris cum scholiis Joh. Opsopœi. *Parisiis*, 1607, in-8, vél. fr. gr.

2146. SOLERIVS (Anselmvs) (Raynaud). De Pileo, cæterisque capitis tegminibus tam sacris quam profanis. *Amstelodami*, 1672, pet. in-12, bas. fr. gr. (*Reliure fatiguée.*)

Livre curieux, enrichi de figures gravées en taille-douce.

2147. SPECVLVM peregrinarvm qõnum Bartholomei Sibylle monopolitãi, etc. *Lvgdvni*, 1521, pet. in-8, goth. (*Figures sur bois.*)

2148. STEPHANVS (Carolvs). De Re hortensi libellvs. Seminarivm. De Vascvlis libellus. — De Re vestiaria. *Parisiis*, 1535-1536, 4 opuscules en 1 vol. pet. in-8, vél.

2149. STRADA (Jacques), Mantuan, antiquaire. Epitome dv Thresor des Antiquitez, c'est-à-dire, pourtraits des vrayes médailles des empp. tant d'Orient que d'Occident. *Lyon*, 1553, in-4, rel. en vél.

Excellent ouvrage, orné d'un très-grand nombre de figures.

2150. THESAURUS alter antiquitatum Beneventanarum medii ævi. *Romæ*, 1764, in-fol. v. br. (*Figures et fac-simil.*)

2151. TOMASINVS (Jacobvs Philippvs). Hospitalitatis liber singvlaris. *Amstelodami*, 1670, pet. in-12, cart. n. rog. fr. gr.

Orné de figures sur cuivre, gravées par Bloteling.

2152. Ejusdem Titvs Livivs Patavinvs. *Amstelodami*, 1670, 1 vol. pet. in-12, bas.

Nombreuses figures sur cuivre.

2153. VAILLANT (Joannes). Numismata imperatorum romanorum præstantiora a Julio Cæsare ad Postumum usque. *Romæ*, 1743, 3 vol. in-4, cart. n. rog.

Très-bel exempl. de cet ouvrage consciencieux, très-estimé et orné de nombreuses figures.

2154. VALERIANVS (Joan. Pierivs). Hieroglyphica, sive de sacris Ægyptiorvm aliarvmqve gentivm literis commentarii, a Cælo Avgvstino dvobvs libris avcti. *Lvgdvni*, 1579, in-fol. bas. rou. fil. dent. compartiments. (*Rel. un peu fat.*)

Ouvrage orné d'un grand nombre de jolies figures sur bois. Exempl. aux armes de la ville de Reims.

2155. *Idem. Lugduni*, 1626, in-fol. vél. fr. gr.

Nombreuses figures sur bois dans le texte.

2156. VALERIANO (Giov. Pierio). I Ieroglifici, ouero commentarii delle occulte significationi de gl' Egittij et altre nationi. *Venetia*, 1625, in-fol. vél.

Figures sur bois dans le texte.

2157. VALERIANVS (Joa. Pierivs). Pro Sacerdotum barbis declamatio, poemata. Hieroglyphicorum collectanea. *Lvgdvni*, 1621, in-fol. vél.

2158. VALERIVS (Avgvstinvs). Opusculum nunquam antehac editum de Cavtione adhibenda in edendis libris, etc. *Patavii*, 1719, in-4, vél.

Opuscule fort curieux, orné d'un portrait du cardinal Valerio. Édition originale.

2159. VENUTI (Ridolfino). Vetera monumenta quæ in hortis cœlimontanis et in ædibus Matthæorum adservantur. *Romæ,* 1779, 3 vol. in-fol. d.-rel. (*Le dos du 1er volume est endommagé.*)

Ouvrage contenant 170 planches d'ornements, de statues, etc.

2160. VETERES ARCUS AUGUSTORUM triumphis insignes ex reliquiis quæ Romæ adhuc supersunt cum imaginibus triumphalibus restituti, antiquis nummis notisque J. P. Bellori illustr. *Romæ,* 1690, in-fol. d.-rel. (*52 planches gravées sur cuivre.*)

2161. VETERIS LATII Antiquitatum amplissima collectio. *Romæ,* 1776, 2 vol. in-fol. obl. cart. non rogné.

Environ 150 planches en taille-douce, gravées par M. Carloni et reproduisant tous les vestiges de cette ville : temples, bains, tombeaux, ponts, etc.

2162. VETTORI (Piero). Trattato delle lodi e della coltivazione degli ulivi, edizione presa da quella del 1720 citata dagli accademici della Crusca, colle annotazioni di G. Bianchini. *Firenze,* 1762, in-4, vél. n. rog.

2163. VICO (Ænea). Avgvstarvm imagines æreis formis expressæ : vitæ quoque eorundem breuiter enarratæ. *Lutetiæ Parisiorum,* 1620, in-4, v. f. fil. tr. dor. (*Rel. fat.*)

Ouvrage rare et orné d'un grand nombre de figures sur cuivre.

2164. VIGNOLI (Joannis) de Columna imp. Antonini Pii dissertatio. Accedunt antiquæ inscriptiones ex plurimis quæ apud auctores extant selectæ. *Romæ,* 1701, in-4, rel.

Nombreuses figures sur cuivre.

2165. VIRGILIANI Codicis antiquissimi fragmenta et picturæ ex bibliotheca Vaticana ad priscas imaginum formas a Petro Sancte Bartholi incisæ. *Romæ,* 1741, in-fol. vél. (*Mouillé légèrement.*)

Un grand nombre de figures sur cuivre.

2166. VITA (Johannes). Thesaurus antiquitatum Beneventanarum. *Romæ,* 1754, in-fol. vél.

Belles planches en taille-douce.

2167. VVLTEII (Joannis) Inscriptionvm libri dvo. *S. l.* (*Parisiis*), 1538, in-32, d.-rel. bas. vert.

2168. WINKELMANN. Monumenti antichi inediti. *Roma,* 1821, 2 vol. in-fol. br. n. rog.

Ouvrage important et très-recherché, contenant 180 belles planches, gravées en taille-douce.

2169. WOLFIUS (Jo. Christophorus). Anecdota græca sacra et profana ex codicis manuscriptis cum versione latina. *Hamburgi,* 1732, 4 tom. en 1 vol. pet. in-8, parch.

2170. ZANETTI (Anton.-Maria). Le Gemme antiche colle annotazioni di Ant. Fr. Gori. *Venezia*, 1750, in-fol. vél.

Ouvrage orné de 80 planches gravées en taille-douce, de bonne exécution.

2171. ZANETTI (Guid' Antonio). Nuova Raccolta delle monete e zecche d'Italia. *Bologna*, 1775-1789, 5 vol. pet. in-fol. br. n. rog.

Nombreuses figures et planches de médailles.

2172. ZECCA DI PESARO (della) e delle Monete pesaresi dei secoli bassi. *Bologna*, 1773.—Di San Terenzio martire, protettor principale della città di Pesaro, ricerche degli abati Olivieri-Giordani. *Pesaro*, 1776. Ens. 1 vol. in-4, cart.

Accompagné de 13 planches de figures.

2173. ZENO (Apostolo). Dissertationi Vossiane, cioè giunte e osservazioni intorno agli storici italiani che hanno scritto latinamente, etc. *Venezia*, 1752. 2 vol. in-4, d.-rel. bas rou.

Ouvrage estimé.

BIOGRAPHIE. — BIBLIOGRAPHIE.

VIES ET ÉLOGES DES HOMMES ILLUSTRES. — BIBLIOGRAPHES GÉNÉRAUX ET BIBLIOGRAPHES SPÉCIAUX. — CATALOGUES DIVERS. — MÉLANGES.

2174. ACHERY (Luca d'). Spicilegium sive collectio veterum aliquot scriptorum qui in Galliæ bibliothecis delituerant. *Parisiis*, 1723, 3 vol. in-fol. vél.

2175. AMATI (l'abbate). Tipografia del secolo XV, volumen unico. *Milano*, 1830, gr. in-8, br. *Portrait.*

2176. ANNALI della tipografia Volpi-Cominiana. *Padova*, 1809, orné d'un beau portrait de Vulpi, gravé sur cuivre par G. Rosa. — SERIE DE' TESTI DI LINGUA usati a stampa nel vocabolario degli accademici della Crusca. *Bassano*, 1805. — ESSAI DE CURIOSITÉS BIBLIOGRAPHIQUES, par G. Peignot. *Paris*, 1804. *Du même* BIBLIOGRAPHIE CURIEUSE, 1808. Ens. 1 fort vol. in-8, d.-rel. v. f.

2177. ARGELATI (Phil.). Bibliotheca scriptorum Mediolanensium, seu acta et elogia virorum eruditione illustrium cui accedit Saxii Jos. Ant. Historia literario-typographica Mediolanensis. *Mediolani*, 1745, 4 vol. in-fol., vél.

2178. Arriano di Nicomedia. Dei Fatti del magno Alessandro, tradotto per P. Lauro. *In Venetia*, 1544, 1 vol. pet. in-8. (5 *derniers ff. mouillés.*)

2179. Arrighetti (Nicc.). Delle Lodi di Cosimo secondo granduca di Toscana. *Firenze*, 1621, in-4, cart.

2180. Arvood. Bibliotheca d'autori classici, sacri e profani, greci et latini. *Venezia*, 1593, 2 vol. pet. in-8, vél. bl. rel. en 1 vol.

2181. Audifredi Specimen historico-criticum editionum italicarum sæculi xv in quo præter editiones ab Orlandio, Mettario, Denisio, Lærio relatas, etc. *Romæ*, 1794, gr. in-4, cart. ébarbé.

2182. Barltius (Marinus). Historia de vita et gestis Scanderbegi Epirotarum principis. *Romæ, s.d.*, in-fol. vél. titre gr.

Très-bel exempl. de l'édition originale et fort rare. Curieux portrait gravé sur bois.

2183. Bellori (Gian. Pietro). Vita di Carlo Maratti, pittore. *Roma*, 1732, in-4, br. n. rog.

2184. Bendinellius (Antonius). Cornelii Scipionis Æmiliani Africani vita. *Luccæ*, 1568. — Oratio in fvnere Mariæ, infantis Parmæ principis. *Placentiæ*, 1577. — Oratione della vera libertà del dire senatorio. *Piacenza*, 1577. — Alia C. Sigonii errata. *Lucæ*, 1570. — Quæ inter A. Bendinellium et C. Sigonivm non convenient in libro de vita Scipionis Æmiliani. *Lucæ*, 1569. 5 opuscules en 1 vol. in-4, cart.

2185. Benvenuto Cellini. Vita da lui medesimo scritta, accompagnata con note da Gio. Palamede Carpani. *Milano*, 1806, 3 vol. in-8, d.-rel. d. et c. v. br. (*Portrait.*)

Ouvrage excessivement intéressant.

2186. Bianchini (Giuseppe). Dei Gran-Duchi di Toscana della Reale Casa de' Medici, protettori delle lettere et delle belle arti, ragionamenti istorici. *Venezia*, 1741, gr. in-fol. vél.

Bel exempl., en grand papier, contenant 9 portraits de la famille de Médicis, gravés par Preister.

2187. Bibliografia storica della città e luoghi dello Stato pontificio. *In Roma*, 1792, in-4, d.-rel.

A la suite et en manuscrit : Supplemento, 82 pages ; — Seconda Appendice per opera et cura di Fr. Cancellieri ; — F. A. Visconti ; — Marchese G. Melchiorri (secondo supplemente), 70 pages.

2188. Biblioteca italiana, o sia notizia de' libri rari nella lingua italiana. *In Venezia*, 1728, in-4, d.-rel. vél. (*Prix à l'encre.*)

2189. Bibliotheca Maphæi Pinellii Veneti magno jam studio collecta a Jac. Morellio, descripta et annotationibus illustrata. *Venetiis*, 1787, 6 vol. in-8, cart. n. rog.

Catalogue très-recherché et servant de bibliographie italienne.

2190. Bibliothecæ Menkenianæ catalogus. *Lipsiæ*, 1755, 2 vol. in-12, b.ᶠet cart. (*Portrait du collecteur et prix au crayon.*)

2191. Bibliotheca orientalis Clementino-Vaticana in qua manuscriptos codices Syriacos, Arabicos, Persicos, etc., etc., recensuit, digessit, etc., J. Sim. Assemanus Syrus Maronita. *Romæ*, 1719, 4 vol. in-fol. vél. bl. (*Front. gravé.*)

Bel exemplaire.

2192. Bibliothèques du Palais-Royal et de Neuilly (catalogue des) *Paris*, 1852, 1re partie, in-8, br.

2193. Boschæ (P. Pauli) de Origine et Statu bibliothecæ Ambrosianæ Hemidecas. *Mediolani*, 1672, in-4, cart. (*Portrait de F. Borromée, archevêque de Milan.*)

2194. Bossange (Hector). Catalogue de livres français, anglais, allemands, italiens, etc., 1845, et 3 suppléments, 1847-1850. Ensemble 3 vol. gr. in-8, d.-rel. mar. v. *Planches.*

2195. Cailleau. Dictionnaire bibliographique. *Paris*, 1790, 3 vol. in-8, d.-rel. vél. n. rog.

2196. Cambi (Pierfrancesco). Orazione fvnerale delle lodi del cav. Lionardo Salviati. *Firenze*, 1590, in-4, cart.

Très-bien imprimé.

2197. Capelloni (Lorenzo). Ragionamenti varii sopra essempii, con accidenti misti, segviti et accorsi, non mai vedvti in lvce. *Genova*, 1576, pet. in-4, mar. br. fil. dent. tr. dor.

Edition originale et peu commune.

2198. Catalogo (doppio) di libri di Giuseppe Comino. *In Padova*, 1742, in-4, cart. n. rog.

2199. Catalogo ragionato dei libri d'Arte e d'Antichità posseduti dal conte Cicognara. *Pisa*, 1821, 2 vol. in-8, vél.

2200. Catalogue des livres imprimés sur vélin de la Bibliothèque du Roi. *Paris, De Bure*, 1822, 3 tom. en 4 vol. in-8, d.-rel. n. rog. (*Rem. papier de Holl.*)

2201. Catalogue des livres rares et précieux de la bibliothèque de feu M. Ant. Bern. Caillard. *Paris*, 1800, in-8, d.-rel. v. marb.

Les prix de vente sont marqués à la plume en regard de chaque article.

2202. Catalogue de feu M. de Laporte Du Theil. *Paris, De Bure*, 1816, in-8, br.

2003. Catalogue of the extensive, valuable and truly interesting collection of curious books, by Thomas Thorpe. *London*, 1851, in-8, br.

2004. Catalogue de la bibliothèque de S. Exc. M.le comte de Boutourlin. *Florence*, 1831, in-8, br.

Réunion de livres précieux, manuscrits, éditions du xvie siècle, collect. Aldine, collect. Bodonienne, classiques italiens, etc.

2205. Catalogue of biblical, classical, and of rare and curious books. — *London*, 1834, pet. in-8, cart. toile.

2206. Catalogue of the magnificent and celebrated library of Maffei Pinelli. *London*, 1789, in-8, d.-rel. n. rog. (*Rel. fat.*)

Catalogue très-intéressant, contenant 15859 numéros.

2207. Cerchi. Delle Lodi del Gran Duca di Toscana Cosimo secondo. *Firenze*, 1621, in-4, br.

2208. Cinelli Calvoli (Giov.). Bibliotheca volante, continuata da Dion. Andrea Sancassani. *Venezia*, 1734, 4 vol. in-4, vél.

Recueil très-intéressant pour les bibliographes.

2209. Comi (Siro). Memorie bibliografice per la storia della tipografia pavese del secolo XV. *Pavia*, in-8, cart.

2210. Comolli (Angelo). Vita inedita di Raffaello da Urbino, illustrata con note. *Roma*, 1790, in-fol. d.-rel. vél. n. rog.

2211. Contareni (P.) Oratio in funere Cornelii equitis et senatoris. *Venetiis*, 1478. Pièce in-4, d. rel.

2212. Cornelii (Nepotis) Vitæ excellentium imperatorum. *Amstelodami*, 1644, pet. in-12, v. br. fr. gr. (*Rel. fat.*)

2212 *bis*. Le même. d. rel. v. (*Dos piq.*)

2213. *Idem*. Editio stereotypa. *Parisiis, Didot, anno Reip. VII*, pet. in-12, v. br. fil. dent. tr. dor.

2214. Dati (Carlo). Delle Lodi del commendatore Cassiano dal Pozzo. *Firenze*, 1664, in-4, d. rel.

2215. De Bure (G.-Fr.). Bibliographie instructive, 7 vol. — Catalogue Gaignat, 2 vol. — Tome 10e contenant une table destinée à faciliter la recherche des livres anonymes. 1763-1782, 10 vol. in-fol v. m.

2216. Diogenes Laertius. Vitæ et sententiæ eorum qui in philosophia probati fuerunt e græco in latinum translatæ a fratre Ambrosio ex recens. Ben. Brognoli. *Impressum Venetiis per Nic. Jenson... 1475, die XIII augusti*. Pet. in-fol. de 186 ff. à 34 lignes par page. (*Quelques piqûres de vers à la fin du 20e vol.*)

Précieuse édition donnée par Nic. Jenson, fort rare et citée par Brunet.

2217. *Idem. Parisiis, s. d.* (1475). — Vita philosophorum et poetarum. *Argentinæ*, 1516. (*Caractères goth.*) — Ficinus (*Marsilius*). De triplici vita, *Argentorati*, 1511. (*Caract. goth.*) Fabulæ, *Argentorati*, 1516. — Corvinus Novoforensis (Nowodworski). Hortulus Elegantiarum. *Argentinæ*, 1516. Ens. 1 fort vol. in-4, bois, fermoirs.

2218. Dizionario di opere anonime e pseudonime di scrittori italiani o come che sia avente relazione all' Italia, di G. M. *Milano*, 1859, 3 vol. gr. in-8, br.

Excellent travail, aussi consciencieux que celui de M. Barbier pour la France.

2219. Farsetti (Bibliotheca manoscritta di Tommaso). *In Venezia*, 1771, in-12, vél.

2220. Ferrario (G.). Bibliographia dei romanzi e poemi romanzeschi d'Italia, appendice. *Milano*, 1829, in-8, cart. n. rog.

2221. Fontaninus (Justus). Bibliotheca dell' eloquenza italiana, con le annotazioni d'Apostolo Zeno. *Venezia*, 1753, 2 vol. in-4, cart. n. rog. (*Mouillé.*)

2222. Fontaninus (Justus). Vindiciæ antiquorum diplomatum, libri duo, quibus accedit veterum actorum appendix. *Romæ*, 1705, in-4, vél.

2223. Fournier. Dictionnaire portatif de bibliographie. *Paris*, 1805, in-8, d.-rel. bas.

— *Idem.* 1809, in-8, d.-rel.

2224. Freytag (Fr. Gott.). Apparatus litterarius ubi libri partim rari recensentur collectus. *Lipsiæ*, 1752, 4 vol. pet. in-8, vél. de Holl.

2225. Galeotti (Nicolas). Imagines præpositorum generalium. *Romæ*, 1751, in-fol. cart. n. rog. fr. gr.

15 beaux portraits gravés par Van Westerhout, et accompagnés de notices biographiques en latin et en italien.

2226. Gamberti (Domenico). L'Idea di vn principe et eroe christiano in Francesco I d'Este, di Modona e Reggio dvca VIII. *Modona*, 1650, in-fol, mar. rou. fil. milieu mosaïque, tr. dor. (*Rel. ital. un peu fat.*)

Ouvrage contenant un très-grand nombre de grandes figures gravées sur cuivre, représentant les actions de François d'Este. A la fin, se trouve une suite de gravures emblématiques, à demi-pages, sur le triomphe de la mort.

2227. Garampii bibliothecæ catalogus ordine digestus et notis bibliographicis instructus a Mariano de Romanis. *Romæ*, 1796, 4 vol. in-4, d.-rel. 5 tom. (*Avec prix imprimés.*)

2228. GIACOMINI (Lorenzo). Oratione de le lodi di Francesco Medici Gran Dvca di Toscana. *Fiorenza*, 1587, in-4, br.

2229. GIOVIO. Le Iscrittioni poste sotto le vere imagini de gl hvomini famosi, trad. da Hippolito Orio. *Fiorenza*, 1552 pet. in-4, rel. en vél. fr. gr.

Bel exempl. de la première édition.

2230. *Idem. Venetia*, 1558, pet. in-8, vél.

2231. GIOVIO (Paolo). Le Vite de i dodeci visconti di Sforza tradotte per L. Domenichi. *In Vinegia*, 1558, 1 vol. pet. in-8, cart.

2232. GIRALDI (Giuliano). Delle Lodi di Ferdinando Medici gran duca di Toscana. *Firenze*, 1609, in-4, n. rel.

2233. GLORIE (le) de gli Incogniti, overo gli Hvomini illvstri dell'Accademia de' signori Incogniti di Venetia. *Venetia*, 1647, in-4, vél.

Suite de 106 jolis portraits, gravés sur cuivre par Pacini, et accompagnés de notices biographiques.

2234. HAYM (Nic. Fr.). Bibliotheca italiana, osia notizia de' libri rari italiani. *In Milano*, 1771, in-4, 4 part. en 1 vol. in-4, cart.

2235. HISTOIRE du cardinal Alberoni depuis sa naissance jusqu'au commencement de l'année 1719, trad. de l'espagnol. *La Haye*, 1719, in-12, d.-rel. d. et c. v. marb.

2236. HISTORIA (la) di Ginevra de gli Almieri, che fu sepellita per morta in Fiorenza, nella quale si contiene vn bel caso d'amore, opera piacevole da esser letta. *Siena*, 1614, pet. in-4, cart. (*Titre racc.*)

Imprimée à deux colonnes, cette rare édition est ornée de figures sur bois.

2237. JAMBLICHUS. Pythagoræ vita, collecta per N. Scutellium. *Romæ*, 1556, in-4, cart. n. rog.

2238. KEUCHENII (Roberti) Antoninus Pius, sive in Vitam Antonini Pii. Accedit comparatio cardinalium Richelii et Mazarini. *Amstelædami*, 1667, pet. in-12, vél. fr. gr.

2239. LAIRE (P. F. X.). Specimen historicum typographiæ Romanæ XV sæculi. *Romæ*, 1775, in-8, d.-rel. bas.

2240. LANCETTI (Vincenzo). Pseudonimia, ovvero Tavole alfabetiche de'nomi finti o supposti degli scrittori con la contrapposizione de'veri. *Milano*, 1836, gr. in-8, br.

2241. LA SERNA SANTANDER. Dictionnaire bibliographique choisi du XVe siècle. *Bruxelles*, 1806, 2 parties, 3 vol. in-8, *pap. vergé*, d.-rel. bas. n.rog.

2242. Le Long (Jac.). Bibliotheca sacra in binos syllabos distincta, etc. *Parisiis*, 1723, 2 vol. in-fol. v. fau.

Exempl. grand papier, aux armes de Samuel Bernard.

2243. Lichtenthal (P.). Manuale bibliografico del viaggiatore in Italia. *Milano*, 1844, in-12, br.

2244. London catalogue (the) of books published in Great Britain with their sizes, prices, and publisher's names... 1816 to 1851. *London*, 1851, in-8, cart. t.

2245. Los Rios (François). Bibliographie instructive ou Notice de quelques livres rares, singuliers et difficiles à trouver, etc. *Avignon*, 1776, in-8, parch.

Orné d'un portrait de l'auteur, à la manière noire.

2246. Mabillon (D. Joannis). Præfationes... ejusdem dissertationes V. *Tridenti, ap. J.-B. Paronum*, 1724, in-4, rel. v. gr.

2247. Maichell (Daniel). Introductio ad Historiam literariam de præcipuis bibliothecis parisiensibus. *Cantabrigiæ*, 1721, 2 part. en 1 vol. pet. in-8, cart. (*Taches de rousseur.*)

2248. Manni (Domenico Maria). Vita di Aldo Pio Manuzio, insigne restauratore delle lettere greche e latine. *Venezia*, 1759, in-8, rel. en vél.

Très-intéressante biographie, ornée d'un beau portrait de Manuce.

2249. Matina (Leo). Dvcalis regiæ Lararium, sive ser. reip. Venetæ principum icones, elogia. *Patavii*, 1659, in-fol. cart. n. rog. fr. gr.

Suite de portraits sur cuivre, gravés par Picini.

2250. Maximi (Valerii) Dictorum factorumque memorabilium exempla. *Apud Seb. Gryphium, Lugduni*, 1523, pet. in-8, vél.

2251. Mellini (Domenico). Vita di Filippo Scolari, volgarmente chiamato Pippo Spano. *Fiorenza*, 1570, pet. in-8, cart.

2252. Memorie istoriche de' santi Viteliano e Benvenuto, vescovi d'Osimo raccolte ed illustrate da Domenico Pannelli. *Osimo*, 1763, in-4, mar. rou. doublé de tabis bleu, tr. dor.

Riche reliure italienne, larges dentelles, aux armes d'un cardinal; atteinte de quelques piqûres de vers. — Bel exempl., grand de marges.

2253. Maittaire (Mich.). Annales typographici ab artis inventæ origine ad annum 1500. *Hagæ-Comitum*, 1719, 3 tom. en 5 vol. in-4, vél. *Portraits.*

Ouvrage important, contenant des renseignements et des notes d'un grand intérêt.

2254. Missirini (Melchior). Dell' amore di Dante Alighieri e del ritratto di Beatrice Pr inari. *Firenze*, 1832, in-fol. vél. (*Portrait.*)

2255. Montfaucon (Bernard de). Bibliotheca Coisliniana, olim Segueriana, sive manuscriptorum omnium græcorum quæ in ea continentur descriptio. *Parisiis*, 1715, 1 vol. gr. in-fol. rel. en vél.

2256. Moyne (P. Le). La Galleria delle donne forti. *Modona*, 1750, in-4, rel. en vél. fr. gr. (*Figures sur cuivre.*)

2257. Mozzi (Mar. Antonio). Delle Lodi dell' abate Anton. Mario Salvini, orazione funerale. *Firenze*, 1731, in-4, parch. n. rog.

2258. Mutii Moysis Bergomatis Scriptores vetustissimi, pergamenus. *Rovetæ*, 1822, in-8 de 24 pages, d.-rel. v. br. non rogné.

Tiré à 50 exempl. seulement.

2259. Navius (Paulus). Panegyrici diversorum nunc demum recogniti. *Venetiis, apud Gryphios*, 1576, pet. in-8, d.-rel. bas. n. rogné.

Recueil de panégyriques latins, depuis Pline jusqu'à Latinus Pacatus.

2260. Nepos (Corn.). Excellentium Imperatorum vitæ. *Londini*, 1715, in-8, v. gr. *Front. gravé.*

2261. Oberlin (J.-Jacq.) Essai d'annales de la vie de J. Gutenberg, inventeur de la typographie. *Strasbourg, Levrault*, 1802, in-8, *Cart., portrait.* (*Le bas de la marge du titre a été coupé.*)

2262. Paravicino (Basilio). Trattato apologetico. *In Como*, 1601, 1 vol. pet. in-8, cart.

2263. Plvtarchvs. Græcorvm Romanorvmqve illvstrivm vitæ. *Venetiis*, 1538, in-fol. v. br. (*Rel. abîmée.*)

2264. *Idem, Lutetiæ Parisiorum*, 1558, in-fol. vél.

2265. Plutarchi Parallelum, vitæ Romanorum et Græcorum quadraginta novem (græce). *Florentiæ*, 1517, parch.

Très-bel exemplaire.

2266. Plutarco. Le Vite de gli hvomini illvstri greci et romani, tradotte da Fr. Sansovino. *Venetia*, 1564, 2 vol. in-4, vél. (*Mouillé.*)

2267. *Idem. Venegia*, 1525, in-4, v. comp. à froid. (*Rel fat.*) — La Seconda e ultima parte delle Vite. *S. l.*, 1525, 1 vol. in-4, v. noir. Ens. 2 vol.

Orné de figures sur bois.

2268. *Idem.* Tradotte per Lod. Domenichi. *Vinegia, G. Giolito,* 1566, in-4, vél. (*Taches de rousseur.*)

Édition estimée.

2269. POLITVS (Joannes). Panegyrici ad Christiani orbis principes, necnon et Ubiorum ac Ebvronum aulæ primores familiaresque conscripti. His accesserunt varia epigrammata. *Coloniæ Agrippinæ,* 1588, 1 vol. in-4, rel. en vél.

Ouvrage peu commun. Exempl. beau de marges.

2270. RIDOLFI (Bernardino). Oratio in funere Caroli III, Hispaniarum regis catholici. *Parmæ,* 1789, in-fol. v. marb. fil.

Magnifique édition, ornée de charmantes vignettes et d'un beau frontispice, gravés sur cuivre par Morghen.

2271. RIETE (Alessandro). La Prima parte delle Vite di Plutarcho di greco tradotte. *In Venegia,* 1529, 2 vol. pet. in-8, mar. rou. comp. fil. fr. gr. (*Reliure fat.*)

Édition ornée de figures sur bois. — Très-rare.

2272. SALVIATI (Lionardo). Il Primo libro delle orazioni, nouamente raccolte. *Firenze,* 1575, in-4, vél.

2272 *bis.* Le même.

On ajouté à la fin : Orazione delle lodi di don Luigi cardinal d'Este. *Firenze,* 1587. — Cinque lezioni. *Firenze,* 1755, 1 vol. in-4, vél.

2273. SALVIATI (Lionardo). Orazione nella morte dello ill• S. Don Garzia di Medici. *Firenze, Giunti,* 1562, pet. in-4, d.-rel.

2274. SALVIATI (Lionardo). Orazione fvnerale dellelo di di P. Vettori. *Firenza,* 1585, in-4, d.-rel. v. f. (*Dos piqué de vers.*)

Orné d'un beau portrait de Vettori.

2275. SCUTELLUS (Nicolaus). Pythagoræ Vita ex Jamblicho collecta. *Romæ,* 1556, in-4, d.-rel. v. rose.

Très-bel exempl., grand de marges.

2276. SERIE DEGLI UOMINI I PIU ILLUSTRI nella pittura, scultura e architettura, con i loro elogi e ritratti incisi in rame, cominciando dalla sua prima restaurazione fino ai tempi presenti. *In Firenze,* 1769-75, 12 vol. — Supplemento alla serie, etc. 1776, 2 vol. Ens. 14 vol. in-4, d.-rel. dos et c. de vélin blanc. *Grand nombre de beaux portraits gravés sur cuivre.*

2277. SERIE DELLE EDIZIONE ALDINI, per ordine cronologico ed alfabetico. *Firenze,* 1803, in-8, d.-rel vél. bl.

2278. SIMONETTA (Giovanni). Historia delle memorabili et magnanime imprese fatte dallo invittissimo Francesco Sforza, duca di Milano, tradotta da Chr. Landino. *Vinegia*, 1544, pet. in-8, v. gran. (*Légèrement mouillé.*)

2279. Soldani (Jacopo). Delle Lodi di Ferdinando Medici, granduca di Toscana. *In Firenze*, 1609, in-4, d.-rel. v. rou.

2280. *Idem. Firenze*, 1607, in-4, n. rel.

2281. Somasco (Jac.-M. Paitoni). Bibliotheca degli autori antichi, greci e latini, volgarizzati, etc. *In Vinegia*, 1767, 3 tom. en 2 vol. in-4, bas.

2282. Soprani (Raffaello). Vite de' pittori, scultori et architetti genovesi. *Genova*, 1768, 2 tom. en 1 vol. in-4, d.-rel. (*Rel. piq.*)

Nombreux portraits sur cuivre.

2283. Strozzi (P.). Orazione funerale in morte dell' imperatore Ferdinando secondo. *Firenze*, 1637, id-4, d.-rel. *Titre gravé et portrait.*

2284. Tipografia perugina (la) del sec. xv, illustrata dal signor Vermiglioli e presa in esame di Pietro Brandolese. *Padova*, 1807, in-8, br.

2285. Tomasini (Jac. Philip.). Illvstrivm virorvm elogia. *Patavii*, 1630, in-4, vél.

Orné de beaux portraits gravés sur cuivre par David. Joli exemplaire.

2286. Torrentino (Lorenzo). Annali della tipografia fiorentina, edizione seconda. *Firenze*, 1819, in-8, br.

— Le même, d.-rel. vél. bl.

2287. Toscanella. Gioie historiche, aggiunte alla prima parte delle Vite di Plutarco. *In Venegia*, 1568, in-4, d.-rel.

2288. Valerii Maximi Factorum et Dictorum memorabilium libri. *Mediolani*, 1480, in-fol. bois recouvert de v. br.

Bel exempl., sauf quelques légères piqûres. Rare.

2289. *Idem. S. l. n. d.*, in-fol. bois. (*Notes manuscr.*, *mouillé.*)

Edition du xve siècle. — Exempl. orné d'une lettre onciale, d'une bordure et d'un blason, or et couleurs.

2290. *Idem. Aldus*, 1562, pet. in-8, cart.

2291. *Idem. Venetiis, in ædibus hæredvm Aldi*, 1534, 1 vol. pet. in-8, v. (*Rel. défraîchie, quelques taches de rousseur.*)

Edition rare et recherchée.

2292. Victorius (Petrus). Oratio habita in fvnere Cosmi Medicis. *Florentiæ*, 1574, in-4, cart.

Très-bel exemplaire.

2293. Vita del cavaliere Giambattista Bodoni, tipografo italiano, e catologo cronologico delle sue edizioni. *Parma*, 1816, 2 vol. in-4, cart. n. rog. fr. gr.

Ouvrage contenant d'intéressants détails pour l'histoire de la typographie.

2294. WURDTWEIN (Steph. Alex.). Bibliotheca moguntina libris sæculo primo typographico Moguntiæ impressis instructa, hinc inde addita inventæ typographiæ historia. *Augustæ Vindelicorum,* 1789, in-4, d.-rel. bas. n.rog. *Nombreux fac-sim.*

2296. XENOPHON. I Quatro libri di Senofonte dei Detti memorabili di Socrate, nuova trad. di M. A. Giacomelli con note e variazioni di Al. Verri. *Brescia,* 1806, in-4, rel. en vél.

Très-bel exempl., non rogné, de cette première édition.

2297. *Idem.* Tradotta da Jacopo Poggio. *In Tusculano,* 1527, 1 vol. pet. in-8, parch. (*Quelques ff. mouillés au bas des marges, notes manuscrites aux marges.*)

2298. ZAMBRINI (Francesco). Catalogo di opere volgari a stampa dei secoli XIII et XIV compilato. *Bologna,* 1857.

SUPPLÉMENT.

2299. Acominato (Niceta). Historia degli imperatori greci. *In Venetia, Vincenzo Valgrisi*, 1562, in-4, d.-rel. bas.

2300. — Le même. Rel. vél.

2301. Agricola (Giorgio). De l'Arte de' metalli. Aggiugnesi degli Animali di sottoterra, tradotti da M. Florio. *Basilea*, 1563, in-fol. vél.

Orné d'un grand nombre de très-curieuses figures sur bois.

2302. Aquinus (Carolus.) Lexicon militare. *Romæ*, 1724, 2 vol. in-fol. cart. ébarbé. (*Portrait de l'auteur.*)

2303. Albini (Flacci) sive Alchwini, Karoli Magni magistri, opera. *Lutetiæ Parisiorum*, 1617, in-fol. d.-rel. v. br.

2304. Alciati (Andreæ) Emblemata. *Patavii, ap. P. P. Tozzium*, 1621, in-4, fig. s. bois, rel. vél.

2305. Alciato (Andrea). Emblemati. *In Padoua, Tozzi*, 1626, pet. in-8, d.-rel. bas.

Nombreuses et curieuses figures sur bois dans l'intérieur du texte. — Tache et mouillures.

2306. Allatii (Leonis) de Ætate et interstitiis in collatione ordinum etiam apud Græcos servandis. *Romæ*, 1638, pet. in-8, vél.

2307. Allegrantiæ (Josephi) de Sepulcris Christianis in ædibus sacris; accedunt inscriptiones sepulcrales ecclesiarum atque ædium P. P. Ord. Præd. Mediolani. *Mediolani*, 1773, d.-rel. v.

2308. Alunno (Francesco). Le Richezze della lingva volgare sopra il Boccaccio. *Vinegia*, 1557, in-4, d.-rel. (*Mouillé légèr.*)

2309. Alverni (Guillelmi) Opera omnia. *Aureliæ*, 1674, 2 v. in-fol. v. (*Rel. fat.*)

2310. Angelo (P.) Carmelita. Gazophylacium linguæ Persarum. *Amsteledami, off. J. Waesbergiana*, 1684, in-fol. front. grav. cart.

2311. Antoniano (M. S.). Tre libri dell' Educatione christiana. *Verona*, 1584, in-4, rel. maroq. roug. fil. ornem. tr. dor.

2312. Antonio (G.). Il Vaso di vetro. *Roma*, 1611, in-12. fig. rel. vél.

2313. Antonini Liberalis Metamorphoses græce et latine, Abr. Berkelius emendavit. *Lugduni Bat.*, 1674, pet. in-12, parch. n. rog. fr. gr. (*Taches de rousseur.*)

2314. Apianus (Petrus). Inscriptiones sacrosanctæ vetustatis. *Ingolztadii, in ædibus Apiani*, 1534, in-fol. rel. v.

Chaque feuillet est encadré; les inscriptions sont en capitales. Des bois nombreux reproduisent les monuments antiques. — La marge supérieure est endommagée par l'humidité.

2315. Argellata (Petrus de). Chirurgiæ libri VI. *Venetiis*, 1480, in-fol. goth. à 2 col. cart. (*Mouillé, les 2 der. ff. piq. et racc.*)

Première édition, et fort rare. Exemplaire orné d'une lettre onciale or et couleurs.

2316. Arias de Valderas. Libellus de Belli justitia injustitiave. *Romæ, impressum per A. Bladum*, 1533, in-4, cart.

2317. Aristophanis Comœdiæ (græce) vndecim *Francofvrti*, 1544, pet. in-8, d.-rel. v. br. (*Notes manuscrites.*)

2318. Aristoteles. Decem librorum moralium tres conversiones : Argyropili, Leo. Aretini tertia vero antiqua. *Parhisiis*, 1497, pet. in-fol. goth. d.-rel. v. vert. titre gr.

Très-bel exempl. de cette édition recherchée.

2319. Aristoteles. Compendium propositionum. *Bononiæ*, 1488, in-4, goth. cart.

2320. Aristotelis et Xenophontis Ethica, Politica et Œconomica, cum commentariis. *S. l. n. d.*, pet. in-8, v. f. (*Notes manuscr.*)

Très-jolie édition.

2321. Aristotelis Opervm nova editio, græce et latine. *Avreliæ Allobrogum*, 1605, 2 vol. in-fol. rel.

2322. Arnauld d'Andillly. Les Vies des Saints Pères des déserts et de quelques saintes. *Bruxelles, Fricx*, 1684, in-4, rel. v.

2323. ART DE LA VERRERIE de Neri, Merret et Kunckel. *Paris*, 1752, in-4, d.-rel.

Orné de figures en taille-douce.

2324. ART (l') divinatrice nouvellement inventée. *La Haye*, 1760 (en allemand et en français), planche. — Vaticinium (en latin et en français). *Lugduni Batavorum*, 1760, planches.—Trattato generale delle cabale antiche et moderne, manuscrit du XVIIIe siècle, d'une écriture italienne très-fine et très-lisible; ens. 3 pièces cart. en 1 vol. in-12.

Curieux recueil. Le manuscrit sur la Cabale est très-intéressant.

2325. ASSEMANI (Jos Sim.). Kalendaria Ecclesiæ universæ in quibus ecclesiarum Orientis et Occidentis sanctorum nomina, imagines et festi describuntur. *Romæ*, 1755, 6 vol. in-4, cart. n. rog.

2326. AUGUSTINI (Aurelii S.). Milleloquium veritatis, plurimis ejusdem Sancti sententiis locupletatum opera Jo. Collierii. *Lutetiæ Parisiorum*, 1699, in-fol. v. fermoirs.

2327. AUSTRIACI CÆSARES Mariæ Annæ Magni Cæs. Ferdin. III filiæ maximi regum Philippi IV sponsæ. Auctore H. Pallavicino. 1649, in-4, vél. (*Front. gravé et portraits sur cuivre.*)

2328. BALDINUCCI (Filippo). Vita del cavaliere Gio. Lorenzo Bernino. *Firenze*, 1682, in-4, fig. rel. v.

2329. BALDINUCCI (Filippo). Notizie de'professori del disegno da Cimabue in qua, per le quali si dimostra come e per chi le bell'arti di pittura, scultura e architettura si siano ridotte all'antica loro perfezione. *Firenze*, 1767, 21 part. en 7 vol. in-4, v. marb. fil. (*Portraits.*)

2330. BARBARO (Daniel). La Pratica della perspettiva, opere molto vtile a pittori, a scvltori e ad architetti. *Venetia*, 1568, in-fol. vél.

Très-nombreuses figures sur bois.

2331. BARBOSA (A.). Praxis exigendi pensiones contra calumniantes et differentes tricas solvere. *Lugduni*, 1636, in-4, vélin.

2332. BARCLAII (Jo.) Argenis, edit. nov. cum clave. *Amsterodami, ex off. Elzeviriana*, 1681, pet. in-12, vél. de Holl. (*Front. gravé.*)

2333. BARDETTI (Stanislas). Della Lingua de'primi abitatori dell'Italia. *Modena*, 1772, gr. in-4, vél.

2334. BAROZZI DA VIGNOLA. Le due Regole della prospettiva. *Roma*, 1682, in-4, cart.

Recueil de 48 belles planches à l'eau-forte.

2335. BASSI (Martino). Dispareri in materia d'architettura et perspettiva. *In Bressa, Marchetti*, 1572, in-4, n. relié. (*Planches.*)

2336. Le même, d.-rel.

2337. BAYFII (erud. viri Lazari) opus de Re vestimentaria. *Venetiis*, 1535, pet. in-8, n. rel.

2338. BAYFII (Lazari) Annotationes in legem II de captivis in quibus tractatur de re navali, ejusdem ann. quibus vestimentorum et vasculorum genera explicantur, etc. *Basileæ, Froben*, 1541, in-4, rel. anc. v. ant. ornements sur les plats, tr. dor. et ciselée.

Très-curieuses figures sur bois.

2339. BEGERI (Laurentii) Observationes et conjecturæ in numismata quædam antiqua. *Coloniæ, Brand*, 1691, in-4, vél. fig. dans le texte.

2340. BELLINI (Vincenzo). Delle Monete di Ferrara trattato. *In Ferrara*, 1761, in-4, vél. (*Monnaies et planches de blasons.*)

2341. BELLORI (G. P.). Le Vite de' pittori, scvltori et architetti moderni. *Roma*, 1562, in-4, portraits et vignettes sur acier, rel. vélin.

2342. BELLORI (Gio. Battista). Le Vite de' pittori, scvltori et architetti moderni. Pars prima. *Roma*, 1672, in-4, mar. rou. fil. tr. dor. (*Mouillé lég.*)

Ouvrage curieux, et orné de 12 fort beaux portraits sur cuivre.

2343. BELLORI (G. P.). Ritratti di alcuni celebri pittori del secolo XVII. *Roma, per Ant. de'Rossi*, 1731, in-4, rel. vél.

Très-beaux portraits sur acier.

2344. BEMBO (Dardi). Di tutti l'opere di Platone, tradotte in lingua volgare. *In Venetia, Nicolini*, 1601, 5 vol. in-12, front. grav. rel. vél.

2345. BEMBO (le Prose di M. P.). *In Vinegia*, 1552, pet. in-8, non relié.

2346. BENAVIDII (M. A.). Loculati opusculi. *Patavii, Pasquatus*, 1580, portr. et fig. s. bois, in-4, cart.

2347. BENEDICTUS XIV, pont. max., olim card. Lambertini. Opera omnia, editio novissima, anteactis omnibus auctior, castigatior et meliori ordine disposita. *Venetiis*, 1788, 15 t. en 5 vol. in-fol. vél.

Orné de figures sur cuivre.

2348. BENTIVOGLIO (Raccolto di lettere del cardinal). *Colonia*, 1631, in-4, d.-rel. bas.

2349. BERNARD. Nouveaux Principes d'hydraulique, appliqués à tous les objets d'utilité et particulièrement aux rivières. *Paris, Didot*, 1787, in-4, v. marbr.

Avec 3 planches de figures.

2350. BERNINO (Domenico). Vita del ven. card. D. Gius. Maria Tomasi. *Roma*, 1746, in-4, cart. n. rog.

2351. BEROVICII (Joh.). De Calculo renum et vesicæ liber singularis. *Lugd. Batav.*, pet. in-12, vél.

2352. BEROALDUS (Philippus). Symbola Pythagoræ moraliter explicata. *S. n. l. d.*, in-4, cart. (*Notes manusc.*)

2353. EJUSDEM Libellus quo septem sapientium sententiæ discutiuntur. *Bononiæ*, 1498, in-4, br.

Rare.

2354. BESSARIONIS, Niceni cardinalis, Orationes de gravissimis periculis, quæ Reipublicæ christianæ a Turca jam tum impendere providebat, etc. *Romæ*, 1543.— Literarum, quibus invictissimus princeps Henricus VIII, rex Angliæ, etc., et fidei defensor, respondit ad quamdam epistolam Martini Lutheri ad se missam et ipsius Lutheranæ quoque epistolæ exemplum. *Romæ*, 1543, en 1 vol. in-4, v.

Livre rare et fort curieux ; un feuillet a été racccommodé en tête d'un chapitre.

2255. BIANCARDI (Bastiani). Le Vite de' re di Napoli. *Venezia*, 1737, in-4, vél.

2356. BIBLIA SACRA. *Antverpiæ, Plantinus*, 1574, in-8, rel. anc. v. fil. ornements, tranche ciselée et dorée.

La reliure, qui est ancienne, porte sur les plats cette double inscription : *Liberalitate card. Borrh. — Præmium salv. orat.*

2357. BIBLIA SACRA. Recueil de figures sur acier, montées sur petit in-8, rel. v.

Ces figures, d'un beau style renaissance, ne portent ni date ni signature elles sont de la fin du XVIe siècle.

2358. BIRINGOCCIO (Vannuccio). Le Diece Libri della pirotechnia, nelli quali si tratta non solo la diuersità delle minere, ma ancho quanto si ricerca alla prattica di esse, etc. *Vinegia*, 1558, in-4, cart. (*Mouillé légèrement.*)

Nombreuses et curieuses figures sur bois.

2359. BLANCVCCIO (Benedicto). Institutiones in linguam sanctam hebraicam. *Romæ*, 1608, in-4, rel. vel.

2360. BODT (Anselmus de). Symbola varia diversorvm principvm cvm facili isagoge. In-fol. cart. fr. gr.

Grand nombre de dessins emblématiques gravés en taille-douce.

2361. Boetii de Boodt (Ans.) Gemmarum et lapidum historia. *Hanoviæ, apud Cl. Martinum*, 1609, in-4, rel. v.

2362. Bonanni (Filippo). La Gerarchia ecclesiastica considerata nelle vesti sagre et civili usate da quelli, li quali la compongono, espresse con le imagini. *Roma*, 1720, in-4, vél.

Orné d'un grand nombre de figures en taille-douce.

2363. Bonaventura (S.). Sententiæ. *Venetiis*, 1477, in-fol. goth. à 2 col. d.-rel. bas. rou.

2364. Bordiga. Storia delle piante forastiere le più importanti nell' uso medico od economico, colle loro figure in rame incise. *Milano*, 1792, 2 vol. in-4, d.-rel.

2365. Boscovich (Rog. Jos.). De solis ac lunæ defectibus libri V. *Venetiis*, 1761, pet. in-8, vél.

2366. Bartolomeo (Fr.). Historia della sacra religione militare di S. Giovanni Gerosolimitano. *Verona*, 1702, in-4, rel. v. fauv. armes.

2367. Bottari. Raccolta di lettere sulla pittura, scultura ed architettura scritte da più celebri professori che in dette arti fiorirono dal secolo xv, xvii. *Roma*, 1754, 7 vol. in-4, d.-rel. v. n. rog. (*Dos piq.*)

2368. Boxhornii (Marci) Emblemata politica, fig. s. acier, in-8, rel. vél.

Le titre manque. Les figures sur acier, du commencement du xviie siècle, sont très-fines.

2369. Brocchieri (Pier Maria). Osservazioni sopra alcune monete consolari. *Bologne*, 1742, in-4, cart. n. rog.

Une planche de médailles.

2370. Brigittæ (S.) Revelationes olim a card. Turrecremato recognitæ et approbatæ et a Consalvo Duranto notis illustratæ. *Romæ*, 1628, 2 vol. in-fol. vél. fr. gr.

Edition la plus complète et la plus estimée.

2371. Brisson (M.-Jac.). Ornithologie, ou méthode contenant la division des oiseaux en ordres, genres et espèces. *Paris*, 1760, 6 vol. in-4, d.-rel. d. et c. en v. f.

Ouvrage orné d'un très-grand nombre de jolies figures gravées en taille-douce.

2372. Brugiotti (Alex.). D. O. M. Institutiones criminales. *Romæ*, 1667, in-4, vél. bl. (*Armes.*)

2373. Bulengeri (J.Cæs.) de Pictura, plastice, statuaria. *Lugduni*, 1627, petit in-8.

Rare et très-curieux.

2374. BUOMMATTEI (*Bened.*). Della Lingua toscana libri due. *Firenze*, 1714, in-4, vél.

2375. BUONSIGLIO (G.). Messina, città nobilissima, descritta in VIII libri. *Venetia*, 1606, in-4, cart.

2376. BUSCA (*Gabriello*). L'Architettura militare. *In Milano*, 1619, in-4, planch. non rel.

2377. CABASSVTII (*Joannis*) Notitia ecclesiastica historiarum, conciliorum et canonum. *Lugduni*, 1680, in-fol. cart.

2378. CACCHIATELLI (*Domenico*). Nuovo Sistema di fortificazione. *Roma*, 1819, gr. in-fol. cart. fr. gr. *Figures*.

2379. CAFFÈ (il). (*Rome*, 1775), in-8, cart.

2380. CAMILLO (Due trattati dell' excellentissimo Julio). *Venetia*, *Favri*, 1584, in-4, vel.

Sur l'éloquence et l'imitation.

2381. CANCELLIERI (*Franc.*). Le due nuove campane di Campidoglio, etc. *In Roma*, 1806. — Il mercato, il lago dell' acqua vergine, ed il polazzo Panfiliano, etc. *Roma*, 1811, in-4, vél. dos orné.

Avec de jolies figures sur cuivre.

2382. CANCIANI (*Paulus*). Barbarorum legis antiquæ cum notis et glossariis. *Venetiis*, 1781, 5 vol. in-fol. dont 2 cart. et les dern. rel. en vél.

Recueil fort recherché à cause des documents importants qu'il renferme. (*Brunet.*)

2383. CANENSIUS (*Mich.*). Pauli II Veneti, pont. max., vita. *Romæ*, 1740, in-4, d.-rel. vél.

2384. CANINI (G. A.). Iconografia, cioè disegni d'imagini de' famosissimi monarchi, regi, filosofi, poeti, etc., etc. *Roma*, *Ignatio Lazari*, 1669, in-fol. fig. s. acier, rel. vél.

La marge inférieure endommagée par l'humidité.

2385. CAPACCIO (G. C.). Delle Imprese, trattato. *Napoli*, 1592, in-4, fig. s. bois, rel. vel.

2386. CAPITOLI, ORDINI e privilegii delle milizie toscane. *Firenze*, 1706, in-4, rel. bas.

2387. CAPOLEONE GHELFACCI. Il Rosario della Madona, poema eroico. *In Venezia*, 1600, in-4, parch. *Titre gravé.*

2388. CAPRANICÆ cardinalis (de vita et scriptis), antistis Firmani, commentarius. 1793, gr. in-4, v. rou. *Aux armes d'un cardinal.*

2389. CARO (*Annibal*). Ragione d'alcune cose segnate nella canzone. *S. l. n. d.*, in-4, rel. bas.

2390. CARRADORI (*Fr.*). Instruzione elementare per gli studios della scultura. *Firenze*, 1802, in-4, nombr. planch. grav. cart.

2391. CARTAS de la serafica y mystica doctora santa Teresa de Jesvs, madre y fundadora de la reforma de la orden di Nuestra Señora del Carmen, etc. *Çaragoça*, 1600, in-8, vel.

2392. CARTORI (*Vincenzo*). Imagini delli dei de gl' antichi. *In Venetia*, 1647, in-4, cart. br. en cart.

Nombreuses et curieuses figures sur bois.

2393. CASA (Giov. della). Galeato e orazioni. *In Lucca*, 1766, pet. in-8, d.-rel. mar.

2394. CASAVBONI (*Isaaci*) de Rebvs sacris et ecclesiasticis exercitationes XVI. *Genevæ*, 1655, in-4, vél.

2395. CASSIANO (*Giovanni*). Opera delle constitutioni et origine monachi. *Venetia, M. Ramezzino*, 1573, in-4, rel. vel.

2396. CASTELLIONOEI (*Jo. Ant.*) Mediolanenses antiquitates. *Mediolani*, 1625, in-4, cart.

Figures archéologiques et planches sur cuivre et sur bois.

2397. CASTIGLIONE (Baldessar). Il libro del Cortegiano. *Firenze*, 1537, pet. in-8, n. rel.

2398. CATENA (Gir.). Lettere. *Roma*, 1589, petit in-8, vél.

2399. CATONIS (*Dionysii*) Disticha de moribus ad filium. *Trajecti ad Rhenum*, 1735, pet. in-8, vel. (*Armes sur les plats.*)

2400. CATTANEO (N. E.). Grammatica della musica. *Milano*, 1828, gr. in-8, fig. grav. d.-rel. bas. n. rog.

2401. CATULLUS. *Patavii*, 1737. — TIBULLUS. *Patavii*, 1749.— PROPERTIUS. *Patavii*, 1755, 2 vol.; ens. 4 vol. gr. in-4, cart. n. rog.

Très-bonne édition, enrichie des commentaires de Vulpi. — Il est très-difficile de réunir les 4 volumes. Très-bel exempl.

2402. CAVALIERI (Joan.-Mich.) Opera omnia liturgica, seu commentaria in authentica sacræ Rituum congregationis decreta. *Venetiis*, 1758, 2 vol. in-fol. vél. (*Portrait.*)

2403. CELSI (Aurelii Cornelii) de Re medica libri octo. *Lugduni Batavorum, ex off. Plantiniana*, 1592, in-4, rel. vél.

2404. CENSORINUS de Die natali. Tabula Cebetis. — Dialogus Luciani. Enchiridion Epicteti. — Basilius. Plutarchus, de Invidia et Odio. — *Bononiæ*, 1478. Æmylii Probi, de vita excellentium Imperatorum. *Brixiæ,* MCCCCLXXXV; ens. 1 vol. pet. in-fol. cart.

2405. CENTO FAVOLE MORALI de i più illustri antichi e moderni autori greci e latini scielte e trattate in varia maniere di verso volgar da Gio. Mario. *In Venetia,* 1570, in-4, vél. (*Une déchirure et quelques raccommodages.*)

Orné de 100 jolies figures gravées sur bois.

2406. CEPEDA (Gabriel). Historia de la milagrosa y venerable Imagen de N. S. de Atocha. *Madrid,* 1670, 1 vol. in-4, parch.

2407. CESARE (Antonio). Rime diverse, si agg'ungono alcuni versi latini. *In Verona,* 1790, in-8, cart.

2408. CESAROTTI (Melchiore). Ritratti et compendio delle vite dei quaranta primi pontefici romani. In-4, br.

40 portraits et texte. Le titre est écrit à la main sur un frontispice gravé avant la lettre.

2409. Le même. Sans titre, cart. n. rogn.

2410. CHALVEO (Domen.). Stirpium icones et Sciagraphia, etc. *Genevæ,* 1666, in-fol. parch. (*Figures sur bois.*)

2411. CHAPELAIN (le P. LE). Sermons ou discours sur différents sujets de piété et de religion. *Paris,* 6 vol. in-12. v. f. fil. dent. int.

2412. CHASSANÆI (Bart.) Catalogus gloriæ mundi, in quo de dignitatibus, honoribus, prærogativis et excellentiis spirituum, hominum, animantium, rerumque omnium, etc., explicatio. *Coloniæ,* 1692, in-fol. br. n. rogn.

Blasons sur bois.

2413. CHATTARD (Gio.-Pietro). Nuova descrizione del Vaticano osia della sacrosanta basilica di S. Pietro. *Roma,* 1762, 3 vol. pet. in-8, vél.

Orné de figures sur cuivre.

2414. CHIABRERA (Gabbr.). Opere. *In Vinegia,* 1738, 4 vol. pet. in-8, vél. bl.

2415. CHIFFLET (J.-J.). Anastasis Childerici Francorvm regis, sive Thesavrvs sepvlchralis Tornaci Nerviorum effvsvs et commentario illvstratvs. *Antverpiæ, ex off. Plantiniana,* 1655, in-4, bas.

Exempl. grand de marges, orné de figures sur cuivre.

2416. CHOUL (Guill. du). Veterum Romanorum religio, castrametatio, disciplina militaris, ut et balneæ. *Amstelædami,* 1686, in-4, cart. n. rog.

Un très-grand nombre de figures sur cuivre.

2417. CHOUL (G. du). Discorso della religione antica de' Romani, tradotto da Gabriel Simeoni. *Lione*, 1559, in-fol. d.-rel. vél.

Ouvrage orné de nombreuses et fort jolies figures sur bois.

2418. Le même. D.-rel.

2419. CICCARELLI (Antonio). Le Vite de' pontifici. *Romæ*, 1587, in-4, rel. v. gr.

A chaque feuillet un portrait sur cuivre de Cavallieri. — Les premiers et les derniers feuillets (texte) sont remmargés. — Le frontispice est doublé.

2420. CICOGNARA (Leopoldo). Storia della scultura dal suo risorgimento in Italia fino al secolo di Canova, per servire di continuazione all' opere di Winkelmann e di d'Agincourt. *Prato*, 1823, 7 vol. in-8, d.-rel. v. n. rog.

Un des meilleurs ouvrages que l'Italie ait produits sur les beaux-arts.

2421. CINGOLI. Osservationi critiche sopra le antichità cristiane. *Osimo*, 1669, 2 vol. in-4, planch. rel. vél.

2422. CINONIO (Marcantonio Mambelli). Osservazioni della lingua italiana, contenenti delle parcelle, e le annotazioni da un accademico intrepido. *Ferrara*, 1709, in-4, vél.

Ouvrage très-estimé.

2423. CIOCCHI (G. M.). La Pittura in Parnasso. *Firenze*, 1725, in-4, d.-rel. v.

2424. CIPRIANI (G. B.). Monumenti di fabriche antiche estratti dai disegni dei più celebri autori. *Roma*, 1786, 2 vol. in-4, d.-rel. bas. (*Mouillé.*)

Vues, plans coupés, élévations.

2425. CIVITATES orbis terrarum, pars prima (de præcipuis totius universi urbibus liber secundus). Ens. deux parties en 1 vol. *Coloniæ, Godefroi*, 1593, in-f. rel. vél.

Très-bel ouvrage, composé de planches doubles, avec texte latin sur le verso. Les vues de villes (beaucoup sont des vues françaises), espèces de plans à vol d'oiseau, dans le style du temps, présentent dans les coins des costumes locaux, traités à la manière de Sébastien Leclerc.

2426. CLARICI (P. Bartolomeo). Istoria e coltura delle piante che son più distinte per ornare un giardino, con un trattato degli Argumi. *Venezia*, 1726, in-4, cart. n. rog.

2427. CLASSES generales, seu moneta vetus urbium, populorum, etc. *Florentiæ*, 1821, in-4, planch. cart. n. rogn.

2428. CLAVIUS (Christoph.). Gnomices libri octo. *Romæ*, 1581, in-fol. bas. fig. (*Lég. mouil.*)

2429. CLERICATUS (Joannes). De Sacramentis in genere, ac de sacramentalibus nec non de sacramentis Baptismi, Confirmationis, atque Extremæ Unctionis decisiones. *Venetiis*, 1703, in-4, vél.

Exempl. aux armes du pape Clément XI.

2430. CODICE di Napoleone il Grande pel regno d'Italia, en français et en italien. *Milano*, 1806, 2 vol. in-fol. pap. de Holl. v. marb. fil.

2431. CODRI (Ant.) Orationes, epistolæ, silvæ, satyræ, eglogæ, epigrammata. *Bononiæ*, 1502, in-fol. parch.

Edition originale et fort rare. — Les 11 feuillets de la Vie de Codrus, qui manquent dans la plupart des exempl. se trouvent à la fin du volume.

2432. COLLIADO (Luigi). Prattica manuale dell' artiglieria. *Milano*, 1641, in-4, vél.

Orné d'un très-grand nombre de figures sur bois.

2433. COLUCCI (G.). Treja, antica città Picena, oggi Montecchio, illustrata. *In Macerata*, 1780, in-4, planch. rel. vél.

2434. COLUMNÆ (Fabii) Lyncei Phytobasianos. *Mediolani*, 1784, in-4, planches.

2435. COMENII (J.-A.) Janua linguarum reserata quinque linguis, sive compendiosa methodus latinam, gallicam, italicam, hispanicam et germanicam linguam perdiscendi. *Amstelodami, apud Lud. et D. Elzevirios*, 1661, pet. in-8, v. marb.

2436. COMITIS (Natalis) Mythologiæ sive explicationes fabularum libri decem. *Patavii, Tozzius*, 1616, in-4, nombr. et très-belles fig. sur bois, rel. vél.

2437. CONCILIVM novissimum Lateranense svb Jvlio II et Leone X celebratvm. *Romæ*, 1520, in-4, cart. (*Racc., fortes piq.*), fr. gr.

2438. CONCILIUM provinciale avenionense a Fr. Mauritio de Gonteriis habitum 1725. *Avenione, s. d.*, in-4, cart. n. rog.

2439. CONCORDANTIÆ græco-latinæ Testamenti Novi. *Ex typ. Petri Chouet*, 1624, in-fol. br. n. rog.

2440. CONDIVI (Ascanio). Vita di Michelagnolo Buonarroti. *Firenze*, 1746, in-fol. fig. d.-rel. bas.

2441. CONSTITUTIONI de l'ordine de' Cavalieri di Santo Stefano. *Firenze*, 1577, in-4, br.

2442. CORIO (Haymon). Promptuarium episcoporum, seu epitome omnium conciliorum provincialium, synodalium et visitationum apostolicarum. *Mediolani*, 1732, in-4, v. rou. (*Rel. fat.*)

2443. CORRADINUS (P.-Marc.) et Jos. Roc. Vulpius. — Vetus

Latium profanum et sacrum. *Romæ*, 1704, 10 tom. en 11 vol. in-4, v. marb.

Ouvrage bien écrit, orné de nombreuses figures sur cuivre, et rempli d'intéressantes notices.

2444. CORSINVS (Edvardvs). Series præfectorvm vrbis ab vrbe condita ad annvm vsqve 1353 sive a Christo nato DC. *Pisis*, 1763, gr. in-4, d.-rel. v. rose.

2445. CORTICELLI (S.). Regole od osservazioni della lingua toscana. *Bologna*, 1760, in-8, vél.

2446. COSMI (Stefano). Memorie della vita di G. Francesco Morosini. *Venetia*, 1676, in-4, cart. n. rogn.

2447. COSTANZO (Angelo). Rime. *Padova, G. Comino*, 1623, in-18, br.

2448. COTELERIUS (J.-B.). Ecclesiæ græcæ monumenta. *Lutetiæ Parisiorum*, 1677, 3 vol. in-4, v. gr.

2449. COSTO (T.). Le otto giornate del Fuggilozio. Ore da otto gentilhuomini e due donne. *In Venetia*, 1620, pet. d.-rel. bas.

2450. CRASSO (Lorenzo). Elogii de' Capitani illustri. *Venezia*, 1683, in-4, cart.

Ouvrage orné de près de 100 portraits sur acier, à mi-page. Ces portraits, qui représentent des personnages du commencement du XVIIe siècle, ont une double valeur comme art et comme ressemblance. (Quelques mouillures.)

2451. CRESCIMBENI (G.-M). Le Vite de' più celebri poeti provenzali, da Giovanni di Nostradama. *Roma*, 1722, in-4, vél.

2452. CRISPINO (Giuseppe). Decreti generali di visita apostolica, istruttivi, esortativi e precettivi, distributi per stati, officii ed ordini di persone, etc. *Montefiasconé*, 1704, in-fol. mar. rou. fil. tr dor.

Exempl. offert au pape Clément XI et portant ses armes.

2453. CRITICI SACRI, sive annotata doctissimorum virorum in Vetus ac Novum Testamentum. *Amstelædami*, 1698, 8 tom. en 9 vol. in-fol. vél.

Edition préférable à toutes celles qui ont paru.

2454. DAVID. Virtutis exercitatissimæ probatum Deo spectaculum, ex Davidis, pastoris, militis, ducis, exsulis ac prophetæ exemplis, Ben. Aria Mentano meditante ad pietatis cultum propositis. *S. l.*, 1597, pet. in-4, d.-rel. bas.

Orné de très-jolies figures sur cuivre gravées par J. Théod. et J. Israël de Bry.

2455. DEBIEL (L.). Utilitates rei numariæ veteris. *Viennæ Austriæ*, 1733, in-12, cart.

Interfolié et annoté.

2456. DESCARTES (Ren.). Epistolæ. *Amstelodami, ex typographia Blaviana*, 1682, 3 vol. in-4, cart. NON ROGNÉ. (*Figures sur bois.*)

2457. Description des beautés de Gênes et de ses environs (vues, cartes, figures). *Gênes*, 1751, in-8, cart.

2458. Descrizione delle feste fatte nelle nozze de' sereniss. principi di Toscana, D. Cosimo de' Medici e Maria Maddelena arciduchessa d'Austria. *S. l. n. d.*, in-4, n. rel.

2459. DESCRIZIONE delle pitture, sculture et architetture che trovansi in alcune città, borghi e castelli delle due Riviere dello stato Ligure. *Genova*, 1780, in-8, planch. rel. v. rac.

2460. DESCRITTIONE della pompa funerale fatta nelle essequie del. ser. sig. Cosimo de' Medici, gran-duca di Toscana. *In Fiorenza*, 1574, in-4, n. rel. (*Portrait de Cosme de Médicis au verso du titre.*)

2461. DE VITA ac rebus gestis B. Gregorii Barbardici. *Romæ*, 1761, in-4, bas.

2462. DIOSCORIDIS libri octo græce et latine. *Parisiis*, 1549, in-8, v. f. fil.

2463. DIVERSI AVISI dall' Indie, di Portogallo... dalli reverendi p. della comp. di Giesù. *In Venetia*, 1565, pet. in-8, d.-rel. vél.

2464. DIVINÆ SCRIPTURÆ Veteris ac Novi Testamenti omnia innumeris locis nunc demum et optimorum librorum collatione et doctorum virorum opera emendata (græce). *Basileæ*, 1545, in-fol. v. marb. (*Rel. fat.*)

Très-bel exempl. de cette édition peu commune.

2465. DŒGEN (Matthiæ) Architectura militaris moderna, variis historiis, tam veteribus quam novis confirmata. *Amstelodami, apud Lud. Elzevirium*, 1647, in-fol. d.-rel. fr. gr.

Nombreuses figures.

2466. DOLCE (Lud.). L'Ulisse, tratto dall' Odissea d'Homero. *In Venegia*, 1573, in-4, vél.

2467. DOLCE (Lodovico). Le Vitte di tutti gl' imperadori. *Vinegia, G. Giolito*, 1561, in-4, d.-rel, bas.

Le titre est coupé et doublé.

2468. DOLCE (Lod.). Osservationi nella volgar lingua. *Vinegia*, 1550, pet. in-8, vél.

2469. DOLETI (Stephani) de Re navali liber ad Lazarum Bayfium. *Lugduni, apud Gryphium*, 1537, in-4, rel. vél.

2470. DONATI (Vitaliano). Essai sur l'histoire naturelle de la mer Adriatique, traduit de l'italien. *La Haye,* 1758, in-4, mar. rou.

Orné de 11 planches de figures en taille-douce.

2471. DUFRESNOY (C.-A.). L'Arte della pittura. *In Roma,* 1775, in-8, grav. rel. vél.

2472. DUHAMEL DU MONCEAU. De l'Eploitation des bois, ou moyens de tirer un parti avantageux des taillis, demi-futaies et hautes futaies, et d'en faire une juste estimation. *Paris,* 1764, 2 vol. in-4, v. marbr.

Ouvrage orné d'un grand nombre de figures en taille-douce.

2473. DUHAMEL DU MONCEAU. Traité des arbres fruitiers. *Paris, Delachaussée,* 1810, in-fol. pap. vél. fig. col. d.-rel. bas.

2474. DURERI (*Alberti*)... De urbibus, arcibus, etc., de lingua germ. in latinam traductæ. *Parisiis, Wechelus,* 1535, in-fol. planch. rel. vél.

2475. — *Id.*, rel. vél.

2476. ECKHEL (*Josephvs*). Nvmi veteres anecdoti ex mvseis cæsareo vindobonensi, florentino, granelliano, etc. *Viennæ Austriæ,* 1775, in-4, d.-rel. bas. verte.

Enrichi de 17 planches de médailles.

2477. EPICTETI Enchiridivm cvm Cebetis tabvla, græce et latine, ex recensione Ab. Berkeli. *Lugdvni Bat.,* 1670, in-8, vél.

Edition ornée d'un frontispice et d'une grande planche gravée par R. de Hooghe.

2478. EPISCOPORUM VRATISLAVIENSIUM Fama posthuma virtutis et honoris. *Vratislaviæ,* 1665, in-fol. br. (*Blasons gravés dans le texte.*)

2479. ERASMI (Des.) Apophthegmata. *Amstelodami, apud J. Ravesteinium,* 1671, pet. in-12, vél. *Front. gravé.*

2480. EVCLIDIS Elementorvm geometricorvm libri tredecim ex traditione doctissimi Nasiridini Tvsini, nvnc primvm arabice impressi. *Romæ,* 1594, in-fol. v. f. fil. (*Rel. fat.*)

2481. EUCLIDIS quæ supersunt omnia ex recensione Davidis Gregorii (en gr. et en lat.). *Oxoniæ,* 1703, in-fol. d.-rel. d. et c. v. f. fr. gr.

Edition correcte, revue sur les manuscrits, et fort rare.

2482. EVRIPIDIS Tragœdiæ octodecim (græce). *Basileæ,* 1537, in-8, peau de truie. (*Notes manusc.*)

Edition rare.

2483. *Le même, Basileæ,* 1551, in-8, parch.

2484. Eusebii Pamphili chronicon bipartitum nunc primum ex armeniaco textu in latinum conversum, opera J. B. Aucher Ancyrani. *Venetiis*, 1818, 2 vol. gr. in-4, v. marb. fil.

Très-belle édition.

2485. Evangelia. Texte hébreu et latin interlinéaire. *Rome, typ. Medicea*, 1581, in-fol. très-belles figures sur bois, rel. vél.

2486. Fabretti (*Raphaelis*) de Colvmna Traiani syntagma. *Romæ*, 1683, in-fol. cart. d. et c. vél. bl. n. rog.

Figures sur bois.

2487. Fanelli (*Francesco*). Atene attica descritta da suoi principii sino all' acquisto fatto dall' armi venete nel 1687. *Venezia*, 1707, in-4, vél.

Figures sur cuivre.

2488. Faroldo (*Jvlio*). Annali veneti. *Venezia*, 1778, in-12, rel. vél.

2489. Favole scelte, tradotte dall' idioma francese nell' italiano per il signor Veneroni. *Ausbourg*, 1709, in-4, vél.

Ce livre en italien, en français et en allemand, est orné de jolies figures gravées sur cuivre par Ulrich Kraus.

2490. Fea (Carlo). Osservazioni sull' arena e sul podio dell' Anfiteatro Flavio. *Roma*, 1713, et plusieurs pièces sur le même sujet; in-8, d.-rel. vél. bl. n. rog.

2491. Félibien. Des Principes de l'architecture, de la sculpture, de la peinture et des autres arts qui en dépendent. *Paris*, 1697, in-4, vél. fr. gr.

Nombreuses figures sur cuivre.

2492. Ferrarii (*Octavii*) de Re vestiaria libri septem. *Patavii, Franchetti*, 1654, in-4, nombr. fig. s. acier rel. vél.

2493. Ferrarii (J. B.) de Florum cultura libri IV. *Romæ*, 1633, in-4, dem. bas.

Frontisp. gravés et nombreuses figures sur bois.

2494. Ferrarius (*Octavius*). De Re vestiaria, libri septem. *Patavii*, 1685, in-4, d.-rel.

Orné d'un grand nombre de figures sur cuivre.

2495. Ferrarius (*Jo. Bap.*). Nomenclator syriacvs. *Romæ*, 1622, in-4, vél. (*Unc piq.*)

2496. Feste della cattedra di s. Pietro in Roma ed Antiochia, dissertazioni due inedite di papa Benedetto XIV. *Roma*, 1828, in-fol. cart. n. rog.

2497. Ficoroni (*Francesco* de'). Le Vestigia e rarità di Roma antica. *Roma*, 1734, in-4, vél.

Nombreuses figures sur cuivre.

2498. Filippo (G.) Paradossi per praticare la prospecttiva. *Bologna*, 1672, in-fol. nombr. fig. s. bois non rel.

2499. Florian. Il Numa Pompilio ridotto in versi italiani da Ch. Boccella. *Firenze*, 1792, in-4, cart.

Belle édition.

2500. Fontanini (*Giusto*). Della Eloquenza italiana, libri tre. *Roma*, 1736, in-4, vél.

2501. Fontanini (Justi) Discus argenteus votivus veterum christianorum Perusiæ repertus, ex museo Albano depromptus et commentario illustratus. *Romæ*, 1727, in-4, vél. cart., n. rog.

2502. Fontanini (Just.) Biblioteca dell' eloquenza italiana, con le annotazioni di Ap. Zeno. *Parma*, 1803, 2 vol. in-4, d.-rel. v. jaspé.

2503. Fontenelle. Entretiens sur la pluralité des mondes. *Paris, Didot*, 1796, in-4, gr. pap. vél. de Hol., cart. non rogné.

Orné d'un beau portr. de l'auteur.

2504. Forli (Bionda da). Roma trionphante. *Venise*, 1549, pet. in-8, rel. vél.

2505. Frisi (Ant. Fr.). Memorie della chiesa Monzese. *Milano*, 2 part. en 1 vol. in-4, d.-rel. v. f.

Figures en taille-douce.

2506. Fulgosi (Baptistæ) de Dictis factisque memorabilibus (illis exceptis quæ Valerius Max. edidit) collectanea, a Camillo Gilino latina facta. *Mediolani*, 1509, in-fol., vél. (*Une piq., notes manusc.*)

Ouvrage estimé. Édition originale et fort rare.

2507. Fulvio Pellegrino. Significatio dei colori e de' mazzoli. *In Venetia*, 1599, pet. in-8, d.-rel.

2508. Furietti (J. A.). De Musivis, etc. *Romæ*, 1752, in-4, d.-rel. 2 *planches*.

2509. Galetti (Petri Aloysii) Inscriptiones Piceni sive Marchiæ Anconitanæ. *Romæ*, 1761, in-4, rel. vél.

2510. Galilei (Galileo). Dialogo. *Fiorenza, G. B. Landini*, 1632, in-4, front. gravé, rel. vél.

Très-beau frontispice de Della Bella. Légère déchirure.

2511. GALILEO GALILEI. Discorsi e demostrazioni matematiche. *In Leida, app. gli Elzevirii,* 1638, in-4, fig. dans le texte, rel. vél.

2512. GALLACCINI (Teofilo). Trattato sopra gli errori degli architetti. *Venezia,* 1767, in-fol. cart., fr. gr.

Figures sur cuivre.

2513. GALLERIA degli antichi Greci e Romani con una piccola descrizione delle loro vite. *Poslhavio,* 1783, 2 tom. en un vol. petit in-4, vél.

Nombreux portraits gravés en médaillons.

2514. GALLETTHIO (Petro Al.). Inscriptiones Venetæ infimi ævi Romæ extantes. *Romæ,* 1757, in-4, vél.

2515. GALLONIUS, de SS. Martyrum cruciatibus. *Romæ,* 1594, in-4, vél.

Orné d'un grand nombre de belles figures sur bois, représentant les tortures subies par les martyrs.

2516. GARZONI (Tomaso). La Piazza vniversale di tvtte le professioni del mondo, e nobili et ignobili. *Venetia,* 1585, in-4, vél.

Première édition.

2517. GELLII (A.) Noctes redditæ nvper omni discvssa caligine micantissimæ. *Florentiæ, Giunta,* 1513, pet. in-8, vél.

2518. GERONIMO MARULLI (Fra). Vite de' gran maestri della sacra religione di S. Giovanni Gierosolimitano. *In Napoli, J. Beltrano,* 1636, in-fol., front. grav., d.-rel. bas.

2519. GHELFUCCI (Capoleone). Il Rosario della Madonna, poema eroico. *Venezia, Nicolo Polo,* 1616, in-4, front. gr., rel. anc. sat.

2520. GIACOMINI (Lor.). Orationes in lode di Torquato Tasso. *In Fiorenza,* 1595, in-4, cart.

2521. GIANETTASSII (Nicolai Parthenii) Halieutica. *Neapoli,* 1689, pet. in-8, vél.

Joli exempl., orné de charmantes figures gravées en taille-douce.

2522. GIGLI (Girol.) Vocabolario cateriniano. *Manilla, nell' Isole Filippine (s. d.),* 1720, in-4, vél. bl.

La première impression de ce livre fut arrêtée et saisie, parce qu'il présentait une satire continuelle contre les académiciens de La Crusca.

2523. GIOVENALE (el R. P.). Tempio armenico della Beatissima Vergine. *Stampato in Roma,* 1599, in-4, vél. *Titre gravé.*

Curieux volume avec musique notée.

2524. Giraldi Cinthio (Gio. Battista). Hecatommithi, overo cento Novelle. *Venetia*, 1608, 2 vol. in-4, vél.

2525. Giustiniani (Gir. Asc.). Estro poetico-armonico, parafrasi sopra salmi, musica di Bened. Marcello. *Venezia*, 1803, 8 tom. en 4 vol. in-fol., d.-rel. d. et c. en vél. bl.

2526. Givstiniano (Bernardo). Historie cronologiche della vera origine di tvtti gl' ordini eqvestri e religioni cavallereschi. *Venetia*, 1672, in-4, v. br., fr. gr.

Orné de fort beaux blasons sur bois.

2527. Glacharisi (Alberto de). La Grammatica volgare. *In Vinegia*, 1538, pet. in-8, cart.

2528. Goezii (Zachariæ) de Numis dissertationes X. *Vitembergiæ*, 1716, in-12, port., d.-rel. vél. n. rogné.

2529. Gregorius Magnus (S.). Opera omnia, ad manuscriptos codices romanos, gallicanos, anglicanos emendata, aucta et illustrata notis, studio monachorum ord. sancti Benedicti. *Parisiis*, 1705, 4 vol. in-fol., v. marb.

2530. Gresset. Vert-Vert, ossia il Pappagallo, tradotto in versi italiani da Lodovico Ant. Vincenzi. *Parma, co' tipi Bodoniani*, 1803, in-8, d.-rel.

2531. Grotii (Hug.). Syntagma Arateorum. *Lugduni Batavorum*, MDC, in-4, fig. sur acier, rel. vél.

2532. Gualandi (Giovan Bernardo). Trattato delle monete e valuta loro. *Fiorenza, Givnti*, 1562, pet. in-8, rel. vél.

2533. Guarini (Batt.). Lettere raccolte da Agostino Michel. *Mantova*, 1595, pet. in-8, vél.

2534. Guarini (Battista). Il Pastor fido, tragi-comedia pastorale. *Venetia*, 1621, in-4, vél. (*Titre rare.*)

Orné de figures sur bois.

2535. Guicciardino (Lud.). Belgicæ, sive inferioris Germaniæ descriptio. *Amsterdami, Blaeu*, 1635, pet. in-12, vél. *Plans et vues de ville.*

2536. Gyraldi (J. B.) Ferrariensis de obitu divi Alfonsi Estensis... varii libri. *Ferrariæ, F. Roscius*, 1537, in-4, rel. maroq. roug. fil. (*Taché.*)

La reliure porte sur les plats cette devise : SIC Θ SIC FRONTEM CINGAT TIBI PVRPVRA DIVES.

2537. Naleoti (Gabrielis). De nothis spvrisqve filiis liber. *Bononiæ*, 1550, in-fol., mar. rou. tr. dor. (*Très-fat.*)

Exempl. aux armes du pape Clément IX.

2538. Panza (Mvtio). Vago e dilettevole Giardino di varie lettioni. *Roma*, 1608, in-4, d.-rel. vél.

2539. HARTMANN (Christoph.). Annales heremi Deiparæ matris monasterii in Helvetia ordinis S. Benedicti, antiquitate, religione et miraculis celeberrimi. *Friburgi Brisg.*, 1612, pet. in-fol., parch., fr. gr.

Nombreux blasons gravés sur cuivre.

2540. HELIODORO. La dilettevole Historia. *In Genova*, 1582, in-8, rel. vél.

2541. HEMELARIUS (Joannes). Imperatorvm romanorvm nvmismata avrea, historico commentario explicata. *Antverpiæ*, 1627, in-4, bas. fr. gr.

Ouvrage enrichi de 64 planches de médailles gravées par J. de Bye.

2541 *bis*. LE MÊME. *Antverpiæ*, 1615, in-4, v. fr. gr. (*Rel. fat.*)

2542. HESIODI Ascræi opera quæ quidem extant omnia græce cum interpretatione latina. Adjectis iisdem latino carmine versis, et genealogiæ Deorum a Pylade Brixiano, libris V. *Basileæ, s. d.*, pet. in-8, vél. (*Mouillé.*)

2543. HIERONYMUS (S.). Vita patrum sanctorum Ægyptiorum etiam eorum qui in Scythia, Thebaide atque Mesopotamia morati sunt. *Venetiis*, 1483, in-8, vél. (*rel. abîmée ; le premier f. manque.*)

2544. HISTOIRE du différend entre les Jésuites et M. de Santeul. *Liége*, 1687, in-12, portr. d.-rel. v.

2545. HISTOIRE du Vieux et du Nouveau Testament, représentée avec des figures et des explications édifiantes, par feu M. le Maistre de Sacy, sous le nom du sieur de Royaumont. *Paris*, 1735, gr. in-4, v. marb.

Belles épreuves.

2546. HISTOIRE naturelle, éclaircie dans une de ses parties principales, l'Oryctologie, qui traite des terres, des pierres, des métaux et autres fossiles. *Paris*, 1755, in-4, d.-rel.

Ouvrage estimé et orné d'un grand nombre de figures sur cuivre.

2547. HOMERI et Hesiodi certamen. Matronis et aliorum parodiæ, etc. (græce). *Parisiis*, 1573, pet. in-8, vél.

2548. HORATIUS FLACCUS. Accedunt nunc Dan. Heinsii de satyra horatiana lib. II, etc. *Lugd. Batav., ex off. Elzeviriana*, 1629, pet. in-12, vél. *Front. gravé.*

Le bas de la marge du titre a été coupé.

2549. HUTTICHIUS. Imperatorum et Cæsarum vitæ cum imaginibus. (*Sequuntur*) Consulum effigies. *S. l.*, 1537, in-4, rel. vél.

Nombreuses figures sur bois, d'après des médailles antiques.

2550. PYLADIS Carmen scholasticum. *Mediolani*, 1563, in-4, cart., fr. gr.

2551. ILLUSTRIUM POETARUM FLORES per Octavium Mirandulam collecti. *Lugduni*, 1553, in-16, vél.

2552. INGHIRAMI (Curtius). Etruscarum antiquitatum fragmenta, reperta Scornelli prope Vulteram. FRANCOFURTI (*Florentiæ*), 1637, in-fol. d.-rel.

2553. INNOCENTII III Epistolarvm libri vndecim. Accedunt ejvsdem gesta et prima collectio decretalium composita a Rainerio diacono et monacho Pomposiano; Steph. Balvzivs in vnvm collegit et emendavit. *Parisiis*, 1682, 2 vol. in-fol. bas.

2554. ISIDORI Hispalensis (J.) Opera omnia quæ extant, emendata per Fr. Jacobum du Breul. *Parisiis*, 1601, in-fol. d.-rel.

2555. ITTIOTILOLOGIA Veronese del museo Bozziano ora anesso a quello del conte Gazola e di altri gabinetti di fossili veronesi, con la versione latina. *Verona*, 1796, 2 vol. in-fol. max. cart. n. rog.

Le second volume contient 73 planches gravées sur cuivre.

2556. JACOBATII (Rever. in Christo Patris D. Dominici Card.) de concilio tractatus. *Romæ*, *Ant. Bladus*, 1538, in-fol. *parch.*

2557. JANSENII (Cornelii) Paraphrasis in psalmos omnes Davidicos. *Lugduni*, *Landry*, 1586, in-fol. rel.

2558. JUSTINIANI Novellæ constitutiones. *Lugduni*, *J. Tornesius*, 1561, in-fol. rel. vêl.

2559. JUSTINUS philosophus et martyr. Opera (græce). *Lvtetiæ*, *Rob. Stephanus*, 1551, in-fol. vél.

Première édition, fort belle et estimée.— Exempl. très-bien conservé.

2560. JVVENALIS Aqvinatis satyrographi opvs, interprete Joa. Britannico, etc. *Venetiis*, 1548, in-fol. d.-rel. v. f.

Très-bel exempl., non rogné, orné de figures sur bois.

2561. KHEVENHULLER (Francisci de) Regum veterum numismata. *Viennæ*, *s. d.* (Fin du XVIIe siècle.) — *Du même:* Materia tentaminis publici. *Viennæ*, *s. d.*, rel. en 1 vol. in-4, maroq. roug. dent. tr. dor.

Belles planches gravées.

2562. KIMHHI (*Rabbi Davidis*) Commentarii in psalmos Davidis regis latine redditi ab Ambr. Janvier. *Parisiis*, 1666, in-4, vél.

2563. KIRCHERI (Athanasii) Magnes, sive de Arte magnetica, opvs tripartitvm. *Romæ*, 1641, in-4, vél. fr. gr.

Première édition, ornée de nombreuses figures sur bois dans le texte et de planches sur cuivre.

2564. Kircheri (Athanasii) Obeliscvs Pamphilivs, hoc est obelisci hieroglyphici interpretatio nova. *Romæ*, 1650, in-fol. d.-rel.

Curieuses figures sur bois.

2565. Kollarivs (Ad. Fr.). Analecta Monvmentorvm omnis ævi vindobonensia. *Vindobonæ*, 1761, 2 vol. in-fol. v. f.

Enrichi de fac-simile.

2566. Kuen (Michael). Collectio scriptorum rerum historico-monastico-ecclesiasticarum variorum religiosorum ordinum. *Ulmæ*, 1755, 7 tom. en 4 vol. in-fol, vél. marb.

Recueil important, peu commun et orné de planches gravées en taille-douce.

2567. Kvnrath (Henricvs). Amphitheatrvm sapientiæ æternæ solivs veræ, christiano-kabalistico-divino-magnvm, nec non physico-chymicvm, tertrinvm, catholicon. *Hanoviæ*, 1609, in-fol. vél.

Livre singulier, orné de curieuses figures sur cuivre.

2568. Lairesse (Gerard de). The Art of painting in all its branches. *London*, nomb. fig. s. acier, rel. v. gr.

2569. Lampridii (Bened.) nec non Joan. Amalthei carmina. *Venetiis*, 1550. — Vincentii Zini carminum libri III. *Venetiis*, 1560. — Jani Pannonii epigrammata. *Patavii*, 1559, 1 vol. pet. in-8, vél. tr. dor.

2570. Lancillotti (don). Chi l'indovina e savio, overo la prudenza humana fallacissima. *Venetia*, 1640, in-8, rel. vél.

2571. Landolfo di Lassonia. Vita di Giesù Christo. *Venetia*, 1581, in-fol. v. marb. (*Titre racc.*)

Jolies figures sur bois.

2572. Lanspergio (R. P.). La Vita di santa Gertruda. *Venezia*, 1710, in-4, rel. vél.

2573. Lascaris (Constantini) Byzantini de octo orationis partibus. *Venetiis*, *per M. Sessam*, 1533, in-8, rel. anc. v. ornements à froid. (*Fatiguée.*)

Ce sont, comme on sait, des travaux philologiques et grammaticaux.— Édit. grecque-latine.

2574. Latera (Flam. An. da). Compendio della storia degli ordini regolari existenti. *Roma*, 1790, 3 vol. pet. in-8, vél.

Nombreux portraits.

2575. Laurentius Justinianus. Venetiarum opera. *S. l.*, 1506.

2576. Le Monnier. Histoire céleste, ou recueil de toutes les observations astronomiques faites par ordre du roy. *Paris*, 1761, in-4, mar. rouge, fil.

Orné de figures.

2577. LENFANT (Jacques). Histoire de la guerre des Hussites et du concile de Basle. *Utrecht,* 1731, 2 vol. in-4, vél.

Orné de jolis portraits gravés par Scotin.

2578. LETTERE annuali del Giappone, Cina, Peru, ecc., al R. P. generale della Compagnia di Giesv. *Rome,* 1617, 9 vol. pet. in-8, vel.

2579. LETTERE di principi, le qvali o si scrivono da principi, o a principi, o ragionan di principi. *Venetia,* 1573, 2 vol. in-4, vél.

2580. LETTERE di principi, le quali si scrivono o da principi o a principi, o ragionan di principi, libro terzo. *In Venetia,* 1577, in-4, vél.

2581. LENZONI (Carlo) in difesa della lingua fiorentina et di Dante con le regole da far bella et numerosa la prosa. *In Fiorenza,* 1553, in-4, vél.

2582. LEXICON hebraico-chaldaico-latino-biblicum. *Avenione,* 1765, 2 vol. in-fol. d.-rel. d. et c. en vél. bl. n. rog.

2583. LIBRI DE RE RUSTICA M. Catonis, Terentii Varronis, Columellæ, Palladii, Rutilii. *S. l.,* 1529, in-fol. bas. fr. gr. (*Rel. fat.*)

2584. LIPSI (Justi) Poliorceticon, sive de machinis, tormentis, telis. *Antverpiæ, ex off. Plantiniana,* 1586, in-4, fig. d.-rel. v. (*Titre doublé.*)

2585. LIRUTI (Giangiuseppe). Della moneta propria e forastiera ch' ebbe corso nel ducato di Friuli dalla decadenza dell' imperio romano sino al secolo XV. *Venezia,* 1749, in-4, vél.

Accompagné de 10 planches de médailles.

2586. LOMAZZO (Gio. Paolo). Trattato dell' arte de la pittura, diviso in sette libri. *Milano,* 1584, in-4 vél.

2587. LOMAZZO (Paolo). Idea del tempio della pittura. *Bologna, s. d.* (1785), gr. in-8, br.

2588. LONGINUS (Dionysius). De sublimi libellus, græce conscriptus, latino, italico et gallico sermone redditus. *Veronæ,* 1733, in-4, d.-rel, d. et. c. vél, bl.

2589. LONGUS. Les trois livres de Daphnis et Chloé (texte grec). *Parmæ, ex reg. Typograph.,* 1706, in-4, pap. de Holl. in-4, rel. v. pl. fil,

2690. MABILLON (Jean). Museum italicum, seu collectio veterum scriptorum. *Lutetiæ Parisiorum,* 1724, 2 vol. in-4, vél.

Figures sur cuivre.

2591. MACCHIAVELLI (Lettere di Nic.) che si publicano per la prima volta. *Firenze,* 1767, in-fol. rel. en vél. bl.

2592. MAGALOTTI (Lorenzo). Lettere familiari. *Venezia*, 1732, in-4, vél. (*Portrait.*)

Ouvrage très-estimé.

2593. MAGNAN (P. Dominico). Lucania numismatica, seu Lucaniæ populorum numismata omnia. *Romæ*, 1775, in-4, texte et planches non rel.

2594. Magni (P. P.). Discorsi sopra il modo di sanguinar e attacar le sanguisughe et le ventose, etc. *Roma*, 1586, in-4, cart. fr. gr.

Fort joli exempl., orné de figures sur cuivre.

2595. MAJORAGIO (M. Ant.). Notizie intorno alla vita del primo conte Milanese. *Roma*, 1805, in-4, port. d.-rel. v.

2596. MAMACHII (Thomæ Mariæ) Originum et antiquitatum christianarum libri XX. *Romæ*, 1749, 5 vol. in-4, vél. (*Taches de rousseur.*)

Ouvrage estimé et orné de nombreuses figures sur bois et sur cuivre.

2597. MANUTIUS (Paulus). Scholia quibus Ciceronis philosophia partim corrigitur, partim explanatur. *Lugduni*, 1552, pet. in-8, vél.

2598. MA PHILOSOPHIE (par Dorat). *La Haye*, 1771, in-8, fig. de Marillier, br. n. rog.

2599. MARANGONI (G.). Istoria del ant. oratorio di san Lorenzo. *Roma*, 1747, in-4, br. n. rog.

Curieuses figures archéologiques.

2600. MARCO DE LA FRATA e MONT' ALBANO. Discorsi de' principii della nobiltà, et del governo che ha da tenere il nobile et il principe nel reggere. *In Venetia*, 1551, pet. in-8, d.-rel.

2601. MARINELLO (Giovanni). La Copia delle parole, ove si mostra una nuova arte di diuenire il più copioso et eloquente dicitore nella lingua volgare. *Venetia*, 1562, in-4, vél.

2602. MARLIANI (Barth.). Annales consulum, dictatorum, censorumque romanorum; ejusdem in triumphos commentarius. *Romæ*, 1560, in-fol. vél. non rog.

2603. MARQUEZ (P.). Delle case di città degli antichi Romani secondo la dottrina di Vitruvio. *Roma*, 1795, in-8, d.-rel. vél. (*Planches.*)

2604. MARTINELLI (D.). Horologi elementari. *Venetia, B. Tramontino*, 1670, in-4, nombr. fig. sur acier, rel. vél.

2605. MARTYROLOGIUM sanctæ romanæ ecclesiæ. *Mediolani*, 1578, in-4, cuir de Russie, fil. tr. dor.

2606. MASSOBRIUS (J.-A.). Praxis habendi concursum ad vacantes parrochiales eccles. *Mediolani*, 1625, in-4, vél.

2607. MAZOCHIUS (Jac.). Epigrammata antiquæ urbis. *Romæ*, 1521, in-fol. vél. (*Le premier feuill. racc., mouillé à la marge.*)

2608. MÉDAILLES sur les principaux événements du règne de Louis le Grand, avec des explications historiques, par l'Académie des médailles et des inscriptions. *Paris*, 1702, in-4, bas. (*Rel. fat.*)

' Ouvrage orné d'un très-grand nombre de figures sur cuivre.

2609. MEDINA (Pietro da). L'Arte del navegar. *In Venetia, G. Pedrezano*, 1555, in-4, rel. vél.

Curieuses figures sur bois dans l'intérieur du texte.

2610. MEGISERUS (Hieronymus). Institutionum linguæ turcicæ libri quatuor. *Lipsiæ*, 1612, pet. in-8, rel. vél. (*Rel. fat.*)

2611. MELZO (Lodovico). Regole militari sopra il governo e servitio della cavalleria. *Anversa*, 1611, pet. in-fol. vél. fr. gr.

Figures sur cuivre.

2612. MEMORIE storico-critiche intorno le reliquie ed il culto di S. Celso martire. *Milano*, 1782, in-4, front. grav. br.

2613. MENOCHIUS (Joan.-Steph.). Brevis explicatio Bibliorum. *Coloniæ Agrippinæ*, 1630, 2 vol. in-fol. bas. fr. gr. (*Doublé, notes manusc.*)

Première édition de ce commentaire estimé.

2614. MERCATI (Michele). De gli Obelischi di Roma. *Roma*, 1589, in-4, mar. rouge, fil. comp. tr. dor.

2615. MERCURIALIS (Hieronymus). De arte gymnastica libri sex. *Venetiis*, 1551, in-4, belles et nombr. fig. sur bois dans le texte, d.-rel. bas.

2616. Le même, in-4, vél. (3 *ff. raccom.*)

2617. MERLINI COCCAII Poetæ Mantuani Opus macaronicorum. *Venetiis*, 1585, pet. in-12, vél. (*Quelques taches.*)

Jolie édition, en caractères italiques, ornée de figures sur bois.

2618. MERULA (G.). De Gallorum cisalpinorum antiquitate ac origine. *Bergomi*, 1593, in-8, vél.

2619. MASCHERE SCENICHE (le) e le figure comiche d'antichi Romani. *S. l. n. d.*, in-4.

Recueil de 65 planches de figures sur cuivre, représentant les masques des comédiens de l'ancienne Rome.

2620. Méthode (nouvelle) pour apprendre les principes de la langue latine. *Paris, Cl. Thiboust*, 1665, in-8.

Les radicaux, les terminaisons, les genres, les nombres, sont imprimés en couleurs variées, rouge, vert, jaune.

2621. Meursii filii Arboretum sacrum, sive de arborum, fruticum et herbarum consecratione. *Lugduni Batavorum, ex off. Elseviriana*, 1542, in-12, rel. v. (*Aux armes d'un abbé.*)

2622. Middleton (Conyers). Germana quædam antiquitatis eruditæ monumenta, quibus Romanorum veterum ritus varii tam sacri quam profani, tum Græcorum atque Ægyptiorum nonnulli illustrantur. *Londini*, 1745, in-4, v. ant. fil. (*Coins fatig.*)

Nombreuses figures sur cuivre.

2623. Millin. Les Martinales, ou description d'une médaille. *Paris*, 1815, in-8, br.

2624. Millin. Notice sur les médailles de Callatia. *Paris*, 18[illegible], br. in-8. fig.

2625. Militare istruito (il) nella scienza della guerra. *In Venezia*, 1751, in-4, vél. (*Front. gravé et planches.*)

2626. Mineralogy of the scottish isles by Rob. Jameson. *Edinburgh*, 1800, 2 tom. en 1 vol. in-4, d.-rel. v. (*Planches gravées.*)

2627. Modi (Franc.). Novantiqvæ lectiones tributæ in Epistolas centum. *Francofurti*, 1584, pet. in-8, vél.

2628. Monte-Roche (Guido). Manipulus curatorum. *Venetiis*, 1495, in-8, cart.

2629. Montifalchii (Petri Jacobi) de Cognominibus deorum opusculum. *Perusiæ*, 1525, in-4, d.-rel.

2630. Moza (Domenico). Tre quesiti in dialogo sopra il fare batterie, fortificare una città. *Venetia, Varisco*, 1567, in-4, d.-rel. vél.

2631. Morato (F.-P.). Del significato de' colori e de' mazzolli. *Venegia, G. Padoano*, 1551, pet. in-8, d.-rel.

2632. Moro (Ant. Lazzaro). De' crostacei e degli altri marini corpi che si trovano su' monti libri due. *Venezia*, 1740, in-4, cart. non rog.

Accompagné de 8 planches de figures sur cuivre.

2633. Mossi (Antonio). Breve descrizione dell' aquisto di Terra santa. *Firenze*, 1601, in-4, vél. (*Taches.*)

2634. Nozze de' Seren. D. Ferdinando Medici (Descrizione dell' apparato e degli intermedi fatti per la comedia rappresentate in Firenze nelle).

2635. MURATORI (Gian. Francesco Soli). Vita del proposto Lodovico Antonio Muratori. *Venezia*, 1756, in-4, cart. non rog.

2636. MURATORI (Lod. Ant.). Dissertazioni sopra le antichità italiane, opera posthuma data in luce da Gian. Franc. Soli Muratori. *Monaco*, 1765, 3 vol. in-4, v. marbr.

2637. MVRATORI (Lvd. Ant.). Novvs thesavrvs vetervm inscriptionvm. *Mediolani*, 1739, 4 vol. in-fol. d.-rel. v. fauve, ébarbé.

Très-bel exempl. de cet ouvrage important.

2638. MUSEUM historicum et physicum Joh. imperialis Phil. et Med. Vicentini. *Venetiis, apud Juntas*, 1640, in-4, parch.

Portraits gravés sur cuivre.

2639. MYTHOLOGIA ÆSOPICA carmine elegiaco reddita. *Francofurti*, 1615, pet. in-8, non rel.

2640. PANCETTI (Camillo). Venetia libera, poema heroico. *Venetia*, 1622, in-4, cart. non rog. fr. gr. (*Quelques piq.*)

2641. NARDINI (Famiano). Roma antica, edizione quarta romana, riscontrata ed accresciuta delle ultime scoperte, con note ed osservazioni critico-antiquarie di Antonio Nibby. *Roma*, 1818, 4 vol. gr. in-8, vél. (*Portrait.*)

Enrichi de cartes représentant l'état actuel de la situation topographique de l'ancienne Rome.

2642. NARRAZIONE delle solenni reali feste fatte celebrare in Napoli da sua maestà il re delle due Sicilie Carlo infante di Spagna, per la nascita del suo primogenito Filippo real principe delle due Sicilie. *Napoli*, 1749, in-fol. max. v. marbr.

Suite de très-belles planches sur cuivre.

2643. NAUSEÆ BLANCI-CAMPANI (Fr.) Opera. *Coloniæ*, 1543. — PIGHIUS (Alb.). Controversiarum præcipuarum quibus nunc potissimum exagitatur Christi fides et religio, explicatio. *Coloniæ*, 1542, in-fol. d.-rel., v. jas.

2644. NENNA DA BARI (G.). Il Nennio, nel qvale si ragiona di nobilità. *Venegia*, 1542, pet. in-8, rel. vél.

2645. Le même, rel. vél.

2646. NERINII (Felicii) de Templo et cœnobio sanctorum Bonifacii et Alexii historica monumenta. *Romæ*, 1752, in-4, cart. non rog. (*Avec portrait de l'auteur.*)

2647. NEVMANN (Fr.). Popvlorvm et regvm numi veteres. *Vindobonæ*, 1779, in-4, planches, d.-rel. bas.

2648. NIBBY. Descrizione della villa Adriana. *Roma*, 1827, in-8, br.

2649. Nicolai (Johannis) libri IV de sepulchris Hebræorum. *Lugduni Batavorum*, 1706, fig. rel. vél.

2650. Pignorivs (Lavrentivs). Symbolarvm epistolicarvm libri in qvo nonnvlla ex antiquitatis jvris civilis et historiæ, etc. illvstrantvr. *Patavii*, 1629, pet. in-8, vél.

2651. Nigrelli (Padre Sigismondo). Prediche morali. *Venezia*, 1710, in-4, rel. mar. rouge, fil. tr. dor.

2652. Nocera (*Vescouo di*). Dialogo dell'imprese militari et amorose. *Lyon, G. Rouille*, 1574, pet. in-4, nombr. fig. s. bois, rel. vel.

2653. Noel (Fr.). Dictionnaire de la Fable. *Paris*, 1803, 2 vol. in-8, d.-rel.

2654. Nonii (Petri). De arte atque ratione navigandi libri duo. *Conimbricæ*, 1573, in-fol. v. br. (*Rel. défr.*)

2655. Nouvelle Méthode (de Port-Royal) pour apprendre facilement la langue latine. *Paris, N. Pepie*, 1709, in-8, rel. v.

2656. Nummo (de) argenteo Benedicti III. *Romæ*, 1709, in-4, rel. vél.

2657. Nuovo Trattato del modo di regolare la moneta. *Venezia*, 1752, in-4, d.-rel. bas. n. rog.

2658. Oderici (Gasp. Aloy.) Dissertationes et adnotationes in aliquot ineditas veterum inscriptiones et numismata — Accedunt inscriptiones et monumenta quæ extant in bibl. Camaldul. in Monte Cœlio. *Romæ*, 1765, in-4, vél.

Figures sur bois.

2659. Œfelius (Andr. Fel.). Rerum Boicarum scriptores nusquam antehac editi, quibus vicinarum quoque gentium nec non Germaniæ universæ historiæ ex monumentis genuinis historicis et diplomaticis primum illustrantur. *Augustæ Vindelicorum*, 1765, 2 vol. in-fol. vél.

2660. Onorati (Francesco Maria). Apologia per la pessonata. *Roma*, 1688, in-fol. rel. mar. rouge, fil. tr. dor. (*Armes.*)

2661. Onosandri Strategicus, sive de imperatoris institutione. Accessit Urbici inventum (gr. et lat.) ; Nic. Rigaltius publicavit. *Lutetiæ Parisior.*, 1599, in-4, vél. fig.

2662. Origine del commercio della moneta e dell' institutione delle zecche d'Italia dalla decadenza dell' impero sino al secolo decimosettimo. *All' Haja*, 1751, in-4, vél. bl. (*Planches de monnaies.*)

2663. Orléans (le Père d'). Histoire des Révolutions d'Angleterre. *Amsterdam*, 1714, 2 vol. in-12, v. br. (*Portraits.*)

2664. ORSINI (Ign.). Storia delle moneti de' granduchi di Toscana della casa de' Medici. *Firenze*, 1556, in-4, vél.

2665. OVIDE. Les Métamorphoses, traduites en françois par l'abbé Banier. *Amsterdam*, 1732, 3 vol. in-12, d.-rel. bas. (*Figures.*)

2666. PALEMONIO (G. J.). Gli Affetti. *Venetia*, *Brigonci*, 1666, in-18, rel. anc. v. mosaïque, dentelles, tr. dor.

2667. PALLADIO. Della Agricultura, tradutto volgare. *Venetiis*, 1528, in-4, d.-rel. bas. verte, titr gr.

2668. PALLADIO (Andrea). Li Cinque Ordini d'architettura. *Verona*, 1818, in-4, cart. n. rog.

Planches de G. Mazza.

2669. PANORMITA (Ant.). Speculum boni principis, sive vita Alphonsi regis Arragoniæ. *Amsterdami*, *Lud. Elz.*, 1646, in-12, vél. (*Front. gravé.*)

2670. PARACELSI Labyrinthus medicorum errantium. *Noribergæ*, 1553, in-4, v.

Le titre est orné d'un beau portrait de Paracelse, gravé sur bois.

2671. PARISIO (Prospero). Rara magnæ Græciæ numismata, in-4, texte et planch. rel. vél.

2672. PASSERI (Giamb.). Vite de' pittori, scultori ed architetti che anno lavorato in Roma, 1641, fino al 1673. *Roma*, 1772, in-4, br. n. rog.

2673. PATIN (Ch.). Thesaurus numismatum. (*Amstelodami*), *sumptibus autoris*, 1672, in-4, cart. n. rog.

Nombreuses médailles gravées sur acier, dans le texte.

2674. PATINUS (Carolus). Thesavrvs nvmismatvm antiqvorum et recentiorvm ex avro, argento, ære, etc., a Petro Mavroceno legatvs. *Venetiis*, 1683, in-4, veau marb. fr. gr.

Figures sur cuivre.

2675. PATRIZI (Fr.). Paralleli militari, ne' quali si fa paragone delle milizie antiche con le moderne. *Roma*, 1594, 2 vol. in-fol. vel.

Accompagné de figures gravées à l'eau-forte.

2676. PAULUS Germanus de Middelburgo. — Paulina de recta paschæ celebratione et de die passionis domini nostri Jesu Christi. *Forosempronii*, 1513, in-fol. vél.

Livre rare, et recherché à cause de la beauté de son impression et des bordures gravées sur bois.

2677. Pellerin (Jos.). Recueil de médailles de peuples et de villes, qui n'ont point encore été publiées, ou qui sont peu connues. *Paris*, 1763, 3 vol. in-4, v. marb. fil.

Nombreuses planches de médailles.

2678. Pensées errantes (les), avec quelques lettres d'un Indien, par madame de.... *Londres*, 1758, in-12, veau fauve.

2679. Perbonus. Oviliarum opus Hieronymi Herboni marchionis Incisæ ac Oviliarum domini in libros XXVI divisum. *Mediolani*, 1533, in-fol. bas.

2680. Perche (il), opera nova...... utilissima ad intendere le cagioni di molte cose, etc. *In Venetia, s. d.* (*circa* 1530), pet. in-8, vél. (*Taches et mouillures.*)

2681. Perrimezzi. La Vita di San Francisco di Paolo. *Venezia*, 1764, in-4, rel. v. roug. tr. dor.

2682. Petrarcha (Triomphi di Messer) con la loro optima spositione. *Venegia*, 1519, in-4, vél.

2683. Petrarcha (il), con l'expositione d'Alessandro Vellvtello. *Venetia*, 1550, pet. in-8, d.-rel. v.

Portrait piqué des vers; titre doublé.

2684. Petrarchæ (Francisci) Opera latina. *Venetis*, 1503 et 1516 (plutôt 1496), en 1 vol. in-fol. vél.

2685. Pez (Bernardus). Magni Gernohi seculo XII præp. Reichersbergensis ord. commentarius aureus in psalmos et cantica ferialia. Accesserunt Honorii Augustodunensis, etc. Prodeunt nunc omnia primum tum junctim cum reliquis Thesauri anecdotorum novissimi tomi, quorum hinc V est, etc. *Augustæ Vindelicorum*, 1728, in-fol. vél. marb.

On ajoute ce volume au *Thesaurus anecdotorum*.

2686. Pezzatino (Domenico). Il Serafico nel qual si contengono natività, vita, etc., del S. P. San Francisco. *Verona*, 1622, in-4, rel. vel.

2687. Philalethi (Hieronymi) Poematvm libri septem. *Ferrariæ*, 1546, pet. in-8, vél. (*Une déchirure.*)

2688. Piazza (Carlo Bartol.). Eorterologio, overo le sacre stazioni romane e feste mobili, loro origine, rito, etc. *Roma*, 1702, in-8, vél.

2689. Piccolomini. Institutione dell' uomo nobile, libri X. *Venetiis*, 1543, pet. in-8, vél.

2690. Pindari Olympia, Nemea, Pythia, Isthmia (græce). *Basileæ*, 1526, pet. in-8, parch.

Édition très-estimée et très-correcte.

2691. PIROLI (Tom.). Le Antichità di Ercolano. *Roma*, 1789, 5 vol. pet. in-fol d.-rel. (*Le premier volume légèrement mouillé.*)

Suite de planches gravées sur cuivre et accompagnées de notes explicatives.

2692. PISTO ALETINO. Le littere all' autore anonimo dell' opuscolo intitolato : « Quid est papa ? » Tradotte dalla lingua latina. *S. l.*, 1790, 2 vol. in-8, v. f. fil. larges dents à petits fers, tr. dor.

Exempl. aux armes d'un pape.

2693. PISUS (Henricus). Horologium sapientiæ. *Venetiis*, 1492, in-8, goth. à 2 col. d.-rel. vél.

Bel exempl., sauf une piqûre aux marges.

2694. PIZZATI (Giuseppe). La Scienza de' suoni e dell' armonia. *Venezia*, 1782, in-4, cart.

2695. PLATINÆ (B.) Historia de vitis pontificvm romanorvm a. D. N. Jesv Christo vsqve ad Pavlvm II. *Lovanii*, 1572, in-fol. vél.

2696. PLATONIS Opera. *Venetiis*, 1517, in-fol., d.-rel. veau viol.

2697. PLATONIS Opera omnia Marsilio Ficino interprete. *Lvgdvni*, 1557, in-fol. parch.

2698. PLATONIS Opera quæ extant omnia ex nova Joan. Serrani interpretatione. *Parisiis*, 1578, 3 vol. in-fol. d.-rel. v. vert.

Édition recherchée pour les notes de Henri Estienne dont elle est enrichie. Exempl. bien conservé.

2699. PLATONE (Compendio delle Dottrina di), in quello, che ella è conforme con la fide nostra, di M. Fr. de' Vieri. *In Fiorenza*, 1576, pet. in-fol. vél.

2700. PLVTARCHI moralia opvscvla (græce). *Basileæ*, 1542, in-fol. bas. (*Rel. fat.*)

2701. PLUTARCHUS : De placitis philosophorum, de tranquillitate animi. — De fortuna Romanorum. — Basilii Magni epistola de vita per solitudinem transigenda. *Romæ*, 1510, in-4, mar. br. fil. comp. *Armes* (Rel. du XVIe siècle.)

2702. POCATERRA (Ann.). Due dialogi della vergogna. *In Ferraria*, 1592, pet. in-8, vél.

2703. POETÆ GRÆCI principes heroici carminis et alii nonnulli, græce (studio Henrici Stephani). 1566, *excudebat Henricus Stephanus*, 2 vol. in-fol.

Recueil d'une grande importance, correct et bien imprimé. — Bel exempl., grand de marges.

2704. Politianus (Mutius). Le Vergeriane. *In Vinegia, Ferrari*, 1550, pet. in-8, rel. vél.

2705. Pollidori Frentani (P.) de Vita Marcelli II P. M. commentarius. *Romæ*, 1784, in-4, portr. rel. vél.

2706. Ponæ (Francisci) Cordiomorpheos, sive ex corde desumpta emblemata sacra. *Veronæ*, 1645, in-4, fig. s. acier, cart.

2708. Pontederæ (Julii) Antiquitatum latinarum græcarumque narrationes. *Patavii*, 1740, in-4, v. (*Rel. fat.*)

2709. Pope (Alexander). The Works, with notes and illustrations by Joseph Warton and others. *Basil.*, 1803, 9 vol. in-8, v. marb. fil. portrait de l'auteur.

2710. Porcacchi (Thomaso). Funerali antichi di diversi popoli et nationi. *Verona*, 1574, in-4, vél. fr. gr.

Nombreuses figures sur cuivre gravées par G. Porro.

2711. Porcacchi da Castiglione (Th.) L'Isole più famose del mondo. *In Venetia, S. Galignani*, 1576, in-4, fr. grav. d.-rel. bas.

Cartes gravées sur cuivre, dans le texte, par G. Porro de Padoue. — Mouillé.

2712. Porcacchi (Thomaso). Lettere di XIII huomini illustri. *In Venetia, Camillo de' Francheschini*, 1582, pet. in-8, rel. vél.

2713. Porcacchi (Thomaso). L'Isole più famose del mondo. *Venetia*, 1605, in-fol. nombr. fig. s. acier, rel. vél. (*Piqué.*)

2714. Pozzo (G.) Dilucidazioni sulle relazioni dei scrittori di S. Basilo Magno. *Roma*, 1746, in-4, rel. v. fil. tr. dor. (*Armes pontificales sur les plats, piq. de vers dans le dos de la reliure.*)

2715. Pratilli (Fr. Maria.) Della via Appia riconosciuta e descritta da Roma a Brindisi. *Napoli*, 1745, in-fol. cart., n. rog.

2716. Promptuaire des médailles des plus renommées personnes, qui ont été depuis le commencement du monde. *Lyon, Guillaume Roville*, 1581, 2 part. en 1 vol. in-4, fig. s. bois, non rel.

Le livre s'ouvre par la médaille d'Adam et se ferme sur celle de Laurens Joubert de Valence, médecin. Ces bois, d'ailleurs très-bien gravés, prennent de la valeur comme portraits, à mesure qu'ils s'avancent vers le XVIe siècle.

2717. Prontvario de le medaglie di più illvstri et fvlgenti hvomini et donne dal principio del mondo infino al presente tempo. *Lione*, 1553, in-4, vél. (*Mouillé.*)

Suite de médailles gravées sur cuivre.

— Le même, cart. (*Mouillé.*)

2718. Le même. *In Lione, G. Rouillio*, 1577, in-4, nombr. méd. gr. s. bois, 2 part. en 1 vol. in-4, rel. vél.

La date de 1581 est collée en un papier imprimé du temps, sur la date réelle.

2719. Puccinelli. Zodiaco della chiesa milanese. — Vita di S. Simpliciano, arcivescovo di Milano. — Vita di S. Senatore Settala, arcivescovo di Milano. — Memorie antiche di Milano. — 1650, 4 part. en 1 vol. in-4, vél.

2720. Abdiæ *episcopi*... de historia certaminis apostolici libri decem, J. Africano interprete. *Parisiis, Guill. Guillard*... 1566, in-8, rel. peau de truie gaufr.

2721. Abrégé des antiquitez romaines. *Avignon*, 1729, in-8, br.

2722. Quatremère de Quincy. Istoria della vita e delle opere di Raffaello Sanzio. *In Milano*, 1829, in-8, fig. cart. n. rog.

Exempl. sur papier chamois, texte et planches.

2723. Quinti Calabri derelictorvm ab Homero libri qvatvordecim Jod. Valaræo interprete. *Lvgdvni, Gryphivs*, 1541, pet. in-8, vél.

2724. Quintiliani (Fabii) Institutionum oratoriarum libri XII. *Lugduni, Gryphius*, 1555, in-12, d.-rel. d. et c. vél. bl.

2725. Ratti (C.). Instruzione di quanto può vedersi di più bello in Genova. *Genova*, 1780, in-12, fig. et planch. rel. bas.

2726. Regulæ omnes... cancellariæ S. D. N. Pii Papæ IIII. *Romæ*, 1560. — Novæ regulæ per Pium Papam IIII. — Quatuor regulæ. — Declaratio 1564. — Constitutio 1565; ens. 6 pièces en 1 vol. in-18, rel. vél. (*Piq. de vers.*)

2728. Remontrances au Parlement. *Au Paraguay, de l'imprimerie de Nicolas Ier*. — La France au Parlement. *S. l. n. d.* — Remercîment de la France au Parlement. *Trévoux*, 1762. — Les Jésuitiques. *Rome* (*Trévoux*), *aux dépens du général*, 1762; ens. 4 pièces en 1 vol. pet. in-8, rel. vél.

Ces pièces satiriques sont en vers.

2729. Reyheri (Samuelis) Dissertatio de nummis quibusdam ex ahymico metallo factis. *Kiliæ. Holsatorum*, 1782, in-4, fig. n. rel.

2730. Redi (Fr). Osservazioni intorno agli animali viventi che si trovano negli animali viventi. *In Firenze*, 1684, in-4, v. m.

2731. Riccati (Vincenzo). Dialogo. *Bologna*, 1749, in-4, maroq. olive. *Chiffre sur les plats.*

2732. RICCHINIUS (Augustinus). De Vita ac rebus gestis beati Gregorii Barbadici libri tres. *Romæ,* 1761, in-4, rel. bas.

2733. RIPA (Cesare). Iconologia, accresciuta d'immagini, di annotationi e di fatti. *Perugia,* 1764, 5 vol. in-4, v. marb.

Ouvrage orné de figures en taille-douce.

2734. RITRATTI di alcuni celebri pittori del secolo XVII, disegnati ed intagliati in rame da Ottavio Lioni, con le vite de' medesimi tratte da vari autori. *Roma,* 1731, in-4, mar. rou. fil.

Portraits sur cuivre.

2735. RITUUM ECCLESIASTICORUM, sive sacrarum cerimoniarum SS. Romanæ Ecclesiæ, libri tres, non ante impressi. *Venetiis,* 1516, in-fol. mar. br. fil. comp. milieu, tr. dor.

Curieuse reliure italienne du XVIe siècle.

2736. RIVOLA (Fr.). Vita di Federico Borromeo. *Milano,* 1656, in-4, rel. vél.

2737. ROSASCO (Girolamo). Della Lingua toscana dialoghi sette. *Torino,* 1777, in-4, v.

2738. ROSSI (Joh. Bern. de). Annales hebræo-typographici sec. XV. *Parmæ,* 1795, 2 part. en 1 vol. in-4, cart. n. rog.

2739. ROSTRELLI (G. Ranieri). Il Calvario, poema. *In Napoli,* 1777, in-8, mar. (*Rel. italienne.*)

2740. RUDIMENTUM SYRIACUM. *Romæ, ex coll. Maronitarum,* 1618, pet. in-8, rel. vél.

2741. RUGGIERO (Pietro). La militare Architettvra, overo moderna fortificatione. *Milano,* 1661, in-4, parch. fr. gr. fig.

2742. RUSCELLI (Givolamo). Lettera a M. Girolamo Mutio in difesa delle signorie. *In Venegia,* 1551, pet. in-8, vél.

2743. SABBATTINI (Luigi Ant.). La vera Idea delle musicali numeriche signature. *Venezia,* 1799, cart. n. rog. fr. gr. (*Portrait.*)

2744. SACRE ANTICHE INSCRIZIONI, lette ed interpretate dal S. Dom. Vallarsi, e dimonstrate puramente ideali dal marchese Luigi Pindemonte. *Verona,* 1762, in-4, vél.

Enrichi de 10 planches d'inscriptions.

2745. SADOLETI (Jac.) Curtius. *Bononiæ,* 1532, in-4, d.-rel.

2745 *bis.* SALLUSTIUS (C.). De Conjuratione Catilinæ. *Impressum Romæ anno* 1490, in-8, d.-rel. (*Notes manuscrites et titre manquant.*)

2746. SANAZARO. Del Parto della Vergine libri tre, tradotti in versi toscani da Giov. Giolito de' Ferrari. *In Venetia*, 1588, pet. in-4, vél. (*Le titre a été un peu rogné.*)

Jolie édition, ornée de figures sur bois.

2747. SANDERUS (Ant.). Chorographia sacra Brabantiæ, sive celebrium aliquot in ea provinciaabbatiarum, cœnobiorum, monasteriorum, piarumque fundationum descriptio. *Hagæ Comitum*, 1726, 3 vol. in-fol. v. marb.

Ouvrage important, orné d'un grand nombre de figures sur cuivre.

2748. SANSOVINO (Franc.). Del Secretario, libri quattro. *In Venetia*, 1564, pet. in-8, d. bas.

2749. SANSOVINO (Franc.). Del Secretario, overo di lettere missive e responsive. *Venetia*, 1573, pet in-8, vél. bl. *Mouillures.*)

2750. SAVOT (Lovis). Discovrs svr les médailles antiqves, divisé en qvatre parties. *Paris*, 1627, in-4, vél.

2751. SCACCHUS (Fort.). Sacrorum Elæochrismaton Myrothecia. *Amstelædami*, 1702, in-fol. d.-rel. v. rou.

Portrait, frontispice et figures sur cuivre.

2752. SCALIGER. Virgilii appendix cum supplemento... *Lugduni, ap. G. Rovillium*, 1572, in-8, rel. vél.

Dans ce volume : *Lusus in Priapum.*

2753. SCAMOZZI (Vicenzo). Discorsi sopra l'antichità di Roma. *Venetia*, 1582, pet. in-fol. vél.

Édition fort rare et ornée de 40 planches gravées à l'eau-forte.

2754. SCARVFFI (Gasparo). L'Alitinonfo, per fare ragione e concordanza d'oro e d'argento, che servirà in vniversale tanto per provedere a gli infiniti abvsi del forare et gvastare monete, qvanto per regolare ogni sorte di pagamenti, et riddvrre anco tvtto il mondo ad vna sola moneta. *Reggio*, 1582, pet. in-fol. cart. fr. gr.

2755. SCHIAPPALARIA (Stefano). La Vita di C. Julio Cesare. *Anversa, Bax*, 1578, in-fol. rel. vél.

2756. SCHLIKENRIEDER. Chronologia diplomatica, 1753, in-4, br. *Planches de sceaux.*

2757. SCHŒTTGENII Antiquitates Trituriæ et Falloniæ, 1727, pet. in-8, d.-rel.

2758. SCHOONHOVII (F.) Emblemata. *Amstelodami, J. Jansonius*, 1635, in-4.

Nombreuses et curieuses figures sur acier, dans le texte.

2759. SCHROCKIUS (Luca). Historia Moschi ad normam Academiæ naturæ curiosorum conscripta. *Augustæ Vindelicorum*, 1682, in-4, cart. n. rog. fr. gr.

2760. SCIOPPII (Gasp.). De cvltv et honore. *Grætii*, 1610, in-8, vél.

2761. SCRIPTORES aliquot gnomici, iis qui græcarum litterarum candidati sunt, utilissimi, quorum opuscula huic libro inserta, etc. *Basileæ*, 1521, pet. in-8, vél. fr. gr. (*Piq.*)

2762. SENTENTIÆ veterum poetarum per locos communes digestæ Georgio, Majore collectore. *Antverpiæ*, 1564, pet. in-12, vél.

Enrichi d'un très-grand nombre de figures sur bois.

2763. SERLIO (Sebastiano). Tvtte l'Opere d'architettvra e prospettiva. *Venetia*, 1619, in-4, vél.

2764. SETHI (Symeonis) Syntagma per literarum ordinem de cibariorum facultate, L. Gr. Gyraldo interprete. *Basileæ*, 1588, pet. in-8, vél.

2765. SEVERINI BOETII de Philosophiæ consolatione, de scholastica disciplina. *Florentiæ*, 1521, pet. in-8, vél.

Très-joli exemplaire.

2766. SILVA (de). Pensées sur la tactique et la stratégique, ou Vrais Principes de la science militaire. *Turin*, 1778, in-4, marb.

Enrichi de 30 planches gravées.

2767. SOLORZANO Pereira (Joannes). Obras posthumas, recompilacion de diversos tratatos memoriales y papeles, etc. *Madrid*, *s d.*, pet. in-fol. vél.

2768. SOPHOCLES. Commentarii in septem tragœdias Sophoclis, quæ ex aliis ejus compluribus injuria temporum amissis solæ superfuerunt, opus exactissimum rarissimumque in gymnasio Mediceo Cabillini montis a Leone Decimo Pont., etc. (*In lingua græca*). *Romæ*, 1518, in-8, v. fau. (*Bel exempl.*)

Sur le titre on lit : *Bibliothecæ minimo Spondanæ ad Tolosam.*

2769. SOPRANI (Raffaello), Vite de' pittori, scultori ed architetti genovesi. *In Genova*, 1768, 2 vol. in-4, br. n. rog.

Avec de nombreux portraits gravés sur cuivre par Giuseppe Ratti.

2770. SPERON SPERONI. Dialogi. *In Venetia*, 1596, in-4, anc. rel. tr. dor.

2771. SPINA (Alph.). Fortalicium fidei. Gr. in-fol. goth. à 2 col. v. (*Plus. ff. mouillés, une piq.*)

Première édition, rare. Exempl. orné de quelques lettres onciales en couleurs. — Les intitulations des chapitres et la pagination sont faites à la main et à l'encre rouge.

2772. Spino (Pietro). Istoria della vita e fatti dell' eccellentissimo capitano di guerra Bartolomeo Colleoni. *In Bergamo*, 1732, in-4, port. cart. n. rogn.

2773. Spoor (Henric.). Utrius antiquitatis tam romanæ quam græcæ, etc. *Ultrajecti*, 1707, in-4, cart. n. rog.

Suite de figures sur cuivre, accompagnées de notes historiques et de pièces de vers.

2774. Statuta ordinis cartusiensis a domino Guigone priore edita. *Basilæe*, 1510, in-fol. d.-rel. (*Piq., rel. fat.*)

Imprimé en caract. goth. et orné de figures sur bois.

2775. Stato della SS. Chiesa papale lateranense. *Roma*, 1723, in-4, v. marb. dent. tr. dor.

2776. Statve antiche che sono poste in diversi lvoghi nella città di Roma. *Venetia*, 1576, in-4, vél. (*Mouillé.*)

Suite de 52 planches sur cuivre.

2777. Stigliani (Tommaso). Arte del verso italiano. *Roma*, 1658, pet. in-8, br. en cart. n. rog.

2778. Stopii Flandri panegyr. carmen. *Florentiæ*, 1555, in-4, vél.

2779. Sweertius (Fr.). Deorum deorumque capita ex antiquis numismatibus; XII Cæsarum romanorum imagines. *Antverpiæ*, 1612, 1 vol. in-8, fig. rel. v.

Les ornements qui encadrent les portraits sont d'un bon style renaissance.

2780. Symmachi Mazochii in mutilum campani amphitheatri titulum. *Neapoli*, 1697, in-4, rel. vél.

2781. Tomasini (Jac. Phil.). Petrarcha redivivus, poetæ vitam iconibus exhibens. *Patavii*, 1635, in-4, vél. fr. gr. (*Piq.*)

Figures sur bois.

2782. Toaldo (Giuseppe). Tavole trigonometriche. *Padova*, 1773, in-4. n. rel.

2783. Torelli (Josephi) Elementorum perspectivæ libri II. *Veronæ*, *Moroni*, 1788, in-4, fig. rel. vél.

2784. Torreblanca (Fr.). Epitome delictorum, sive de magia, in qua aperta vel occulta invocatio dæmonis intervenit. *Lugduni*, 1678. — Ossiandri (Adami) Tractatus theologicus de magia. *Tubingæ*, 1687, ens. 1 vol. in-4, d.-rel. d. et c. en vél. bl.

2785. Tasso (Torquato). Aminta. *Parigi*, *Prault*, 1768, in-18, front. grav. rel. v. rac.

2786. TASSO (le lettere di M. Bernardo). *In Venetia*, 1587, pet. in-8, cart.

2787. TEMANZA (Tommaso). Vita di Andrea Palladio, egregio architetto. *Venezia*, 1763, gr. in-4, vél. *Portrait*.

2788. TENTAMINA experimentorum naturalium captorum in Academia del Cimento, quibus commentarios, nova experimenta addidit P. Van Musschenbroeck. *Lugduni Bat.*, 1731, in-4, vél.

Enrichi de 32 planches de figures sur cuivre.

2789. TERTVLLIANI Opera quæ hactenus reperiri potuerunt omnia, cum Jacobi Pamelii adnotationibus. Ab eodem Pamelio recens adjecta Tertulliani vita, etc. *Parisiis*, 1616, in-fol. d.-rel. v. f.

2798. TERTULLIANI Opera, cum argumentis, notis et explicationibus Joa. Lod. de La Cerda. *Lutetiæ Parisiorum*, 1624, in-fol. vél. marb. (*Dos piq.*)

2791. TETTAMANZI (Fabrizio). Breve Metodo per fondatamente e con facilità d'apprendere il canto fermo, diviso in tre libri. *Milano*, 1706, in-4, vél.

2792. THESAVRVS trivm lingvarvm latinæ, gallicæ, græcæ. *Parisiis*, 1762, in-4. cart. n. rog.

2793. THESAURUS NOVUS theologicus philologicus, sive sylloge dissertationum exegeticarum ad selectiora Veteris et Novi Testamenti loca. *Amstelædami*, 1732, 2 vol. in-fol. vél.

On joint cet ouvrage, comme le précédent, au n° 5064.

2794. THESAURUS theologico-philologicus, sive sylloge dissertationum elegantiorum ad select iora Veteris et Novi Testaminti loca. *Amstelœdami*, 1701, in-fol. vél.

On joint d'ordinaire cet ouvrage au n° 5064.

2795. THOMÆ Aquinatis in omnes beati Pauli Apostoli epistolas commentaria. *Parisiis*, 1541, in-fol. parch.

2796. THOMÆUS (Nic. Leo). Dialogi. *Venetiis*, 1524, in-4, bas. (*Piq. rel. fat.*)

2797. THUCYDIDE. Delle Guerre.... de la Morca... traduit per Fr. di Soldo Strozzi Fiorentino. *Venetia*, 1545, in-8.

2798. TIBALDI (Pellegrino) e Nicolò abbati. — Le Pitture esistenti nell' instituto di Bologna, descritte ed illustrate da Giampetro Zanotti. — *Venezia*, 1856, grand in-folio, d.-rel.

Suite de 41 planches sur cuivre, précédée d'un beau frontispice, d'un portrait du pape Benoît XIV et de 18 planches de vignettes qui ornent la description. — Fort belles épreuves.

2799. TRACTATUS DE SPHÆRA quattuor capitulis distinctus. *Venetiis*, 1519, in-4, br. en cart.

2800. TREVISAN (Bernardo). Della Laguna di Venezia. *Venezia*, 1715, in-4, parch. fr. gr.

2801. TRITHEMIUS (*abbé*). Polygraphie et universelle escriture cabalistique, trad. par Gabriel de Collonge. *Paris, J. Kerver*, 1625, in-4, rel. vél.

2802. TRITHEMIUS (Johannes). Gustavi Seleni cryptomenytices et cryptographiæ libri IX. *Lunæburgi, fr. der Sternen*, 1624, in-fol., front. et fig. grav., d.-rel. vél. (*Pig. de vers.*)

2803. URSINI (Fvlvio). Familiæ romanæ qvæ reperivntvr in antiqvis nvmismatibvs ab vrbe condita ad tempora divi Avgvsti. *Romæ*, 1577, in-fol. vél., fr. gr.

Un très-grand nombre de figures dans le texte.

2804. UVA (Flavio dell'). Discorso delle regole e ordini ch'averà da tenere la fanteria in tvtte le ordinanze et fattioni militari. *Roma*, 1639, in-4, vél., fr. gr. fig.

2805. VAILLANT. Selectiora numismata in ære maximi moduli e museo Francisci de Camps. *Parisiis*, 1695, in-4.

Nombreuses figures sur cuivre.

2806. VALENZUELA (G. M.). Luigi nono il santo, vita. *Roma*, 1726, in-fol., front. grav., rel. bas.

2807. VALERIANI (Joa. Pierii) Hieroglyphica seu de sacris Ægyptiorum aliarumque gentium literis Commentarii, etc. *Venetiis*, 1604, in-fol. vél.

2808. VALERIANI (Edm.) et Fr. INGHIRAMI. Etrusco museo chiusino dai suoi possessori publicato, etc. *Poligrafia*, 1833, 2 vol. in-4, br. (*Nombreuses planches au trait.*)

2809. VALERII Maximi priscorum exemplorum libri novem. *Venetiis*, 1508, in-fol., bois.

2810. VALERIUS MAXIMUS noviter recognitus cum commentario historico videlicet a litterato Olivarii Arzignanensis. *A la fin : Venetiis, per Augustum de Zanis de Portesio, anno* 1518, in-fol., rel. en bois, dos de maroquin.

2811. VALLE. (Guglielmo della). Vite dei pittori antichi greci e latini. *Siena*, 1795, in-4, cart. ébarbé.

Orné de beaux portraits en taille-douce gravés par Mochetti.

— LE MÊME, cart. non rog.

2812. VALLE (Guglielmo della). Vite dei pittori ant. greci e latini. *Siena, Carli*, 1795, in-4, port., d.-rel. v., non rog.

2813. VALLO LIBRO continetur ad capitanii retenere et fortificare una citta con bastioni, etc., etc. *Venetia*, 1594, pet. in-8, d.-rel. bas.

Figures sur bois curieuses pour l'histoire de l'art militaire.

2814. VALPERGA (A. M.). Essercitio militare. *Napoli, Maccarano*, 1653, pet. in-8, nombr. fig. rel. vél.

2815. VANDELII (Dominici) Tractatus de Thermis agri Patavini. *Patavii*, 1761, in-4, vél.

Figures sur cuivre.

2816. VARCHI (Bened.). L'Hercolano, nel quale si ragiona delle lingue et in particolare della toscana. *Vinetia*, 1570, in-4, vél.

2817. VARCHI (Bened.). De' sonnetti. *In Fiorenza*, 1555, pet. in-8, vél.

2818. VASARI. Vita di Michelagnolo Buonarotti. *Roma*, 1760, in-4, fig. d.-rel.

2819. VEGETIUS (Fl.). De re militari, libri quatuor. S. J. FRONTINI, De strategematis. ÆLIANI, De instruendis aciebus. MODESTI, De vocabulis rei militaris. *Lutetiæ*, 1532, in-fol., d.-rel.

Orné d'un grand nombre de curieuses figures sur bois.

2820. — LE MÊME. VÉGÈCE seul, d.-rel. v.

2821. VELA (Ivan). Politica real y sagrada discvrrida por la vida de Jesv Christo, etc. *Madrid*, 1675, in-fol., vél., fr. gravé.

2822. VENUTI (N. M.). Esequie di Luigi cattolico re delle Spagne. *Firenze*, 1724, in-4, fig., rel. vél.

2823. VENUTI (Ridolfino). Accurata e succinta descrizione topografica e istorica di Roma moderna. *Roma*, 1766, 2 tom. en 1 vol. in-4, d.-rel. vél. bl. non rogné.

Nombreuses figures sur cuivre.

2824. VICO (Æneas). Augustorum imagines æreis formis expressæ. *Venetiis*, 1558, in-4, nomb. fig. grav. dans le texte et hors du texte, d.-rel. v.

2825. VICTORII (Petri) commentarii in X libros Aristotelis de moribus. *Florentiæ, ex off. Junctarum*, 1584, in-fol., mar. rou. fil. dent. tr. dor.

Magnifique exemplaire.

2825 bis. LE MÊME, parch.

2826. VIES (les) des Saints pour tous les jours de l'année, avec l'histoire des mystères de N.-Seigneur. *Paris*, 1734, in-4, v. jas.

2827. Viglioni (J. B.). Enchiridion. *Neapoli*, 1723, in-4, d.-rel. vél., non rogn.

2828. Villani (Filippo). Le Vite de' uomini illustri Fiorentini. *Venezia*, 1737, in-4, rel. vél.

2829. Vinci (Lionardo da). Trattato della pittura, tratto da un codice della bibliotheca Vaticana. *Roma*, 1817, 2 vol. in-4, br. non rog.

Édition la plus complète de cet excellent ouvrage. — Les figures qui composent le second volume ne sont pas altérées.

2830. Vio (Thomæ de) in quatuor Euangelia ad Græcorum codicum veritatem castigata, ad sensum quæ vocant litteralem, commentarii. *Parisiis*, 1540, in-8, parch.

2831. Viola Zanini (Gioseffe). Della Architettvra, libri dve. *Padova*, 1678, in-4, d.-rel., d. et c. vél. bl.

Figures sur bois.

2832. Vita della beatiss. Vergine nella quale si contiene quel tanto che sin' hora sia scritto da gravi autori. *In Venetia*, 1610, in-8, rel. peau de truie gauf., ornem. s. les plats, fermoirs.

2833. Vite e ritratti di venticinque uomini illustri. *Padova*, 1822, gr. in-4, d.-rel. v. br.

Exemplaire non rogné, orné de vingt-cinq très-beaux portraits gravés sur acier.

2834. Vitruve. Architectvre ov art de bien bastir, mis de latin en françoys par Jan Martin. *Paris*, 1572, in-fol. cart., ébarbé, fr. gr.

Orné de nombreuses figures sur bois, dont une grande partie est exécutée par Jean Goujon, de qui on trouve à la fin du volume une dissertation sur l'architecture. Très-recherché et rare.

2835. Vitruve (Marc). Architecture ou art de bien bâtir, trad. en françoys par Jan Martin. *Paris*, *Jacques Gazeau*, 1547, in-fol., rel. v. (*Dos refait en vélin.*)

Très-belles figures sur bois.

2836. Vitruvius iterum et Frontinus a Jocundo revisi repurgatique quantum ea collatione licuit. — *A la fin : . . . Florentiæ, sumpt. P. de Giunta*, a. d. 1513, in-8, nombr. fig. sur bois dans le texte, rel. v. rac.

2837. Vitruvii (Pollionis) De architectura l. X. *Argentorati, ex off. Knoblochiana*, 1550, in-4, fig., rel. bas.

2838. Vitruvio (Pollione). L'Architettura (en latin), colla traduzione italiana e comento del marchese Bernardo Galiani. *Napoli*, 1758, in-fol., vél.

Belle édition, ornée de 25 planches de figures sur cuivre.

2839. VITRUVIO POLLIONE (M. L.). Di architettura dal vero latino nella volgar lingua tradotto (per Francesco Durantino). *S. l.*, 1535, in-fol., nombr. fig. sur bois, rel. vél. (*Mouillé*).

2840. VITRUVIO Pollione. Di architettvra al vero esemplare latino nella volgar lingua tradotto. 1535, in-4, fig. sur bois, rel. vél.

Le dernier feuillet (110) est refait à la main.

2841. VOLTAIRE. Anti-Machiavel. *La Haye*, 1740, in-8, rél. vélin.

2842. VOSSII (Isaaci) De septuaginta interpretibus, eorumque tralatione et chronologia dissertationes. *Hagæ-Comitum*, 1661, in-4, d.-rel. vél. bl.

2843. WASERUS (Gaspardus). Grammatica syriaca. *Leidæ*, 1619, in-4, cart. non rogn. (*Titre raccommodé.*)

2844. WILHELMUS (Fridericus). Dissertatio inauguralis, etc. *Halæ Venedorum*, 1713, in-4, fig. cart.

2845. WINKELMANN. Histoire de l'art chez les anciens, trad. par Huber. *Paris*, 1789, 3 vol. in-8, d.-rel. v. vert, non rogn. (*Dos piq.*)

Traduction très-estimée.

2846. WINCKELMANN. Description des pierres gravées du feu baron de Stosch. *Florence*, 1760, in-4, rel. v. gr.

2847. XENOPHONTIS Socratis memorabilia, græce. *Florentiæ, apud Juntas*, 1551, pet. in-8, vél.

Joli exempl. de cette rare édition.

2848. ZANELLI (Ippolito). Vita del gran pittore cavalier Carlo Cignani, in-4, portr., d.-rel. bas.

2849. ZONCA (Vittorio). Novo Teatro di machine et edificii. *Padoua*, 1656, in-fol., front. grav. et nombr. fig. sur bois, rel. vél.

2850. ZVCCHI (Bartolomeo). Lettere. *Milano*, 1602, in-4, vél. (*Mouillé légèrement.*)

FIN DE LA DEUXIÈME PARTIE.

www.ingramcontent.com/pod-product-compliance
Ingram Content Group UK Ltd.
Pitfield, Milton Keynes, MK11 3LW, UK
UKHW021107260726
13994UKWH00002B/769